君が好きだから

Contents

君が好きだから

1

二十九歳になって、そろそろ結婚しなければならない年齢になって。

そして思うのは、早く手を打たないと、子どもだって三十過ぎにしかできないから、という変な心配。

誰もが焦《あせ》る年齢になって、美佳《みか》も本当に焦った。

けれど手を打つのは簡単ではない。

だから待っていたって仕方ない、と思い安易にお見合いを引き受けた。

お見合い会場にあらわれた相手は、自分にはとてもとても不釣合いな方で、即行断られるものだと思っていた。

「僕と結婚しませんか？」

断られなくて、こちらも断らなくて。そして何度か会って、自然と話せるようになった頃には、縁談が進んでいた。

棚からぼた餅？　それとも、待てば海路の日和あり？

「どうしてですか？」

自分が質問し返した言葉に対して、にこりと笑った相手に、ドキリとする。どこか高貴さが漂う、黒い髪と黒い目。凛《りん》とした感じで、立ち姿も絵になる人。育ちが良さそうな雰囲気と、程よく筋肉のついたスタイルのいい身体で、美佳は直感的にこの人きっとモテる、と思った。

「君が好きだからに決まってるでしょう」

照れたように崩れる表情。口元に当てた大きな手。

じっと見ていたら、彼は穏やかに笑ってこちらを見た。

すごく好きとか、この人でなくてはならないとか、そういう考えはなかった。ただこの人だったらいいかな、という思いで承諾《しょうだく》した。

先のことなんてあまり考えずに、首を縦に振って、そして結婚式を挙げたのは、その四ヶ月後。スピード婚なんて、流行にのるつもりはなかったけれど「君が好きだからに決まってる」という言葉が胸に響いた。


「おはよう」

新聞片手に寝癖頭で起きてくるのは当たり前。それを直しながらテーブルについて、腕時計をはめるのが日課らしい。寝癖はすぐに直る髪質らしく、羨《うらや》ましいと美佳は思う。

「おはよう」

ご飯を茶碗に盛って、味噌汁をよそって、卵焼きを皿にのせる。今日はジャコ入りの卵焼き。新聞をテーブルに置いたままボーッとしているその人の前に、その三つを置くと、ようやく顔を上げた。シャツにスラックス、ネクタイはまだしていない。コンタクトを入れていないその目には、眼鏡が装着されている。

普段はコンタクト。眼鏡は嫌いだと言うが、休日は大抵《たいてい》眼鏡で過ごしている。そこまで目が悪いわけではない、と言っているが、右目が1.0で左目が0.2。差がありすぎるため、コンタクトや眼鏡をしていると、初めてのデートのとき言っていた。右目は乱視が強く、コンタクトはその矯正《きょうせい》のためであることも、同じ日に聞いた。

「紫峰《しほう》さん、コンタクトは？」

「今、入れる」

眠そうに目をこすって眼鏡を外すと、小さなケースから、洗浄液に入ったコンタクトを取り出す。前の席に座って味噌汁を飲みながら、ごく小さいコンタクトを入れる様子を見る。直径一センチにも満たないようなそれが、目の中に入るということにすごさを感じる。周りの友達も、今まで付き合った人も、視力がよかった。だから、美佳にとってこの仕草は新鮮だ。

「よく入るよね、コンタクト」

「そうかな。慣れてるから、難しいことじゃないけど。美佳も入れてみる？」

意地悪そうに笑ったその顔を見て、冗談だと気づく。

「痛そうだもん」

「痛くないけどな」

両方の目に入れ終わると、何度か瞬《まばた》きをする。自分を見る目が変わったことで、今はクリアに見えているのだと感じる。

「美佳の今日の予定は？」

「今日？　出版社に行って、原稿を出してくるだけ。打ち合わせをして、すぐ帰ってくると思う」

堤《つつみ》美佳から三ヶ嶋《みかしま》美佳になって三週間。語呂のよさが、どうにも笑える名前になった。三週間前に夫となった人は、三ヶ嶋紫峰。美佳の仕事は、翻訳家兼小説家。翻訳はフランス語と英語が専門。小説は遊びで書いたのがまぁ売れて、翻訳家という肩書きもあったせいか、注目を集めた。小説家としての仕事量をあまり多くしないようにしているので、契約しているのは一社だけだ。印税はそこそこ入ってくるし、あまり外にも出ない。こういう職業のせいか結婚なんてものは縁遠かった。父は早世していないが、娘を心配する母親がいる。その大切な母が初めて持ってきた見合いの話。普通は写真くらいあるものだ、と思ったけれど、それすら見せずにゴリ押ししてきた相手。それが、三ヶ嶋紫峰だった。

『見なくていいって。きっと、気に入るから』

相手もこっちを気に入らないといけないんだよ、というのは言わないでおいて、母に勧《すす》められるまま見合い相手と会った。二十九歳にもなるのに、赤い振袖を着せられて、恥ずかしい思いをしながら席に座ったのを覚えている。

「今日、僕も早く帰ってくると思う」

「え、本当？　じゃあなにが食べたい？」

「美佳が作ってくれるものなら、なんでも」

美佳が作るものならなんでも食べる、といつも言う。かえって悩む、ということを紫峰は知らないのだろう。しかもそれが、言われたこちらが、照れてしまうような台詞《せりふ》だということにも気づいていないようだ。

昨日の帰りはちょっと、というか、ものすごく遅かった。ベッドが揺れたなぁ、と思って目を少し開けて時計を見ると、午前三時だった。気遣うような紫峰の視線を感じて、そのまま寝たふりをしていたら、サイドランプが消えて横になる気配を感じた。すぐに聞こえてきた寝息に、日々の疲れを感じる。きつそうだな、と思いながら眠りに落ちた。

そして、今は午前七時半。いつも紫峰は七時に起きて身支度をする。四時間くらいしか寝てない。

「早く帰ってくるなら、ゆっくり寝れるね」

「そう、美佳とゆっくり寝れる。明日は非番だし」

一瞬、箸《はし》がとまる。おいおい、と思う。

そんな台詞はベタな恋愛小説とか、少女漫画とか、そういうものでしか聞かないもの。本の中では、ヒロインがかなり愛されてて、そしてお前が食べたい的な台詞を言われることがある。今まさに同じようなことを紫峰から言われている自分は、愛されヒロインじゃないか、と思った。

「結婚式のあとから、三週間近く美佳と寝てない。君も仕事、僕も仕事。君も不規則、僕も不規則。今日はできるでしょ」

淡々と言われて、そうでしたね、と思うしかない。しかし、今日はできるでしょ、は露骨《ろこつ》だ。結婚前後に一度ずつ夜を過ごしたけれど、それ以来していない。結婚前に初めてしたときは、こんな風にされたことあったっけ？　と驚くくらいだった。男の人にこんなに愛されたのは初めてだ。

優しく、ときに激しく愛されながら、ここまでしてもらえるほど美人でもないし、スタイルもよくないですよ、と途切れ途切れの意識の中考える冷静な自分がいた。ややふくよかな身体つきが美佳のコンプレックスで、結婚前にダイエットして、ウエディングドレスを着た。少しきつめのサイズを選んでいたからちょうどよかったのだが、結婚式後、紫峰からは文句を言われた。

『美佳、ダイエットは禁止』

『はぁ？』

美佳の柔らかい身体が好きだから、と翌日紫峰は言った。それを聞いて、かなり恥ずかしかったというか、照れたというか。痩《や》せた女性が好きだ、という人が多い中で、自分の身体を好きだと言ってくれてよかったけれど。

「紫峰さん、私とそんなにしたいの？」

「したいよ」

「どうして？」

どうしてって、と少し照れたように次の言葉を続けた。

「君が好きだから」

他の人が聞いたら顔が引きつるよ、と美佳は思う。

なにがどうしてこんなに愛されているのかわからないけれど、紫峰と結婚してよかったと思う。美佳は本気で紫峰を好きだとか、そういう気持ちで結婚を決めていない。だがここまで言われると、心も引きずられてくる。

紫峰は、魅力のある人だし、きっとモテる。男三人兄弟《きょうだい》の次男で、父親は警視総監も務めたことのある人。兄も弟も警察官。同じく紫峰も警察官で、今は警備部警護課、というところにいる。それがいわゆるＳＰと呼ばれる人達だということを、結婚直前まで美佳は知らなかった。

そんな堅い職業一家なのに、三ヶ嶋家はみんな気さくで大らかで、逆に美佳が驚くほどだった。これまで通り仕事を続けなさい、と紫峰の父親は言ってくれ、母親はサインがほしいとねだり、兄にいたっては本が全部ほしい、と言った。警察の階級はよくわからないけれど、紫峰の兄は警察官の中でもかなり上のポジションにいるらしい。紫峰は警部という階級らしいが、今でも美佳にはどんなものかわからない。

「そろそろ行かないと」

紫峰が立ち上がり、食べ終わった茶碗をもって台所へ行った。

「そのまま置いてて。私、片づけてから行く」

「うん。いつもありがとう」

紫峰は自室へ行き、ジャケットを着てネクタイを首にかけてリビングに戻ってきた。警察手帳をテーブルにおいて、ネクタイをなれた動作で締《し》める。最後に警察手帳の中身を確認して、ジャケットの内ポケットに入れた。

「美佳、出版社まで気をつけて。僕は行ってくるから」

自分が先に出かけるというのに、紫峰は美佳の心配をする。結婚前からそうだ。紫峰と会った翌日に遠出《とおで》をするのだと言ったら、気をつけて、と二回も言われた。

「うん、行ってらっしゃい」

見送りをと思い、玄関までついて行く。朝はなるべく見送りをしたいと思っている美佳だったが、最近はそれもままならなかった。原稿の締め切りが近く、すれ違いの生活が続いていたが、今日は久しぶりに見送りができた。

「美佳」

靴を履いた紫峰が美佳の頬に手をやった。大きな手は、美佳の丸い頬を完全に包み込む。そのまま顔が近づいてきて、唇を重ねられる。軽く唇を挟むようなキスを二回されて、唇が離れた。

「早く帰ってくるから」

そのままドアを開けて出て行く背中を見送って、ドアに鍵をかける。

「どんだけー」

某メイクアップアーティストのまねをしながら、顔が熱くなる。

本当に、自分はどれだけ愛されヒロインなんだ、と思う。まさか自分がこんなに愛されるとは思っていなかった。でもなんだかこれはすごく嬉しい。

「結婚してから本気で好きになるって、どうなんだろう」

そのまましゃがみ込んで、熱い頬をパシパシと叩く。おまけに今夜のことを考えるだけで、悶《もだ》える感じ。そして、悶えていると、急に冷静になるのは毎度のこと。

「紫峰さん、どうして私のこと好きなんだろう。どうして結婚したのかな」

普通の家の、普通の人間。首を捻《ひね》っても、わからない。

どうしてですか、と聞くたびに、いつも返ってくる答えは決まっているのだ。

『君が好きだからに決まってる』

それだけで満足しないのが女の性《さが》なのか、どうにも納得できない自分がいた。

どうして、という気持ちが消えないのは、平凡な自分が愛されヒロインになったからだろう。

2

「よう、新婚さん」

「やぁ、離婚さん」

「お前、相変わらず性格悪いな」

「お前に言われたくないね」

拳銃を片手に持ち、ガチッという音を立てて、拳銃にセーフティーロックがかかったことを確認する。そのままホルダーへ入れると、相手も同じくホルダーへ拳銃をしまうところだった。

「三ヶ嶋、お前奥さんとうまくやってんのか？　最近毒吐いてばっかじゃねえか。結婚したんだから、ちったぁ丸くなれよ」

思い当たることはあった。けれど、いつも毒づいているわけじゃない。最近毒を吐いてばかり、というのは訂正して欲しいと紫峰は思う。だが昨日のことを相手はよく覚えていた。

「丸く？　なったと思うけど」

「まぁなぁ、確かに前よりは……いや、だからさぁ」

「だったら、松方《まつかた》が言えばいい。新人の松井《まつい》はお前に懐いているじゃないか」

「俺が言う前に、係長のお前が呼び出したじゃないか。君にできることは、要人の壁になるだけか？　なんて言うから、マジにビビッてたぞ。お前に慣れてないんだから、少し柔らかく言ってやれよ」

同期で同じ警備部警護課に配属された松方裕之《ひろゆき》は、最近離婚したばかりだった。円満離婚だったので、深刻な問題を抱えているわけではない。松方は大きな身体と、優しそうな垂れ目が印象的な人の良い男だ。容姿に似合った面倒見のいい性格で、後輩からの信頼もあつい。

「ふくよかで可愛い美佳ちゃんに、慰めてもらえ。独り身じゃできないことだぜ。夜の営みは忙しい勤務のストレスにも効く……って、おい、やめろよ」

口を閉じろという意味で、紫峰は銃口を松方に向けた。が、ふりだけで、すぐに拳銃をホルダーにしまう。

「美佳のどこを見てるんだ、お前」

「胸？　デカイよなぁ。ああいう感じの胸に抱かれてみたいぜ、どんなんだよ？　独り身は寂しいからな……って、痛ぇよ、拳固《げんこ》かよ」

力加減をしつつも、拳固で頭を殴った。悪気はないのだが、松方はたまにこうやって美佳のことを揶揄《やゆ》する。

「独り身で溜《た》まってるからって、人の妻の胸を見るからだ。腰掛け婦人警官なら、喜んでお前についてくると思うけど。美佳と同じ名前の、あの腰のデカイ婦人警官、なんて言ったかな？　本人はスタイルがいいって、思ってるらしいけど。デカイだけに、まさに腰掛けって感じ？」

「……お前、本当に溜まってるな、三ヶ嶋。毒が効いてるぜ、とくに今日は」

言われてうんざりしたため息を漏らす。当たり前だ、とどれだけ言いたいか。

「結婚して約三週間。新婚旅行は要人警護でまだお預け、それに当直と美佳の仕事が重なって、すれ違い。溜まるに決まってるだろう。それなのに、松井は宮田《みやた》大臣にクレームつけられるし。なんでクレームつけられたか知ってるか？」

「いや」

「秘書が電話を渡そうとしたのを、ナイフと勘違いしてねじ伏《ふ》せたんだ。ＳＰは要人を守ることも大切だが、それ以外にも状況判断能力が求められる。大臣はかなり立腹していて、なだめるのに苦労した。その上、岡野《おかの》課長に松井と一緒に呼ばれて説教。松井に始末書を書くよう指示したら、なんで自分が始末書を書かなきゃならないんですか、とほざく」

松方は、それは災難だったな、と途中相槌を打ちながら同情するような顔つきで頷《うなず》く。

「だから言ったんだよ。始末書を書くのは要人警護についてまわる仕事だ。それができなくてこれからここでやっていけるのか？　始末書も書けないような体力だけのＳＰが、って。僕が言い過ぎているのか？　松方が新人の松井のほうをかばいたいなら、僕の文句でも一緒に言っていればいい」

わかったよ、と松方は、髪をかき上げながら引き下がる。百七十九センチの紫峰よりも、十センチ背の高い松方に怒っていると、まるで、大きな犬をしつけているみたいだった。

「今日は誰の警護だ？」

気を取り直した松方に聞かれて、それに答える。

「大岩《おおいわ》元総理。お忍びで病院へ診察」

「へぇ、年だしなぁ。長くないんじゃねぇの？」

「知らないね。とにかく今日は早く帰る。面倒なことも起きないだろう。相手は老いた爺《じじい》だ」

松方に背を向けながら紫峰は悪態をついた。

「お前、本当に口が悪い……美佳ちゃんの前でもその調子なのか？」

「そんなわけないだろう。だいたい、美佳にこんなことを言う機会がないね」

大事にしてんだな、と言われて、当たり前だと心の中で呟《つぶや》く。

「しかし、なんで俺は要人警護になんてなったんだろうなぁ。毎日疲れるぜ」

「憧れていたんだろう？」

訓練生の頃、松方はＳＰへの憧れを熱く語っていた。あの頃、松方は結婚していて、とても幸せそうだった。結婚はいいぞ、と言っていたのに、紫峰の結婚が決まった頃には、やめておけ、に変わっていた。それに対して苦笑を返しただけだが、その目は真剣だったことを思い出す。

「三ヶ嶋は、どうしてＳＰになったんだ？　家は警察一家だし、東大出なのに、どうしてノンキャリアだ？」

別に、どうして、ということはなかった。まだ世間に普及していないＳＰをやってみたかった、それだけだ。

「前に言っただろう？　SPをやってみたかったんだ」

まぁなぁ、と同意する松方に、紫峰は笑ってみせた。

「それよりなにより三ヶ嶋が結婚したことのほうが驚きだったよ。お前ってなんか、生活の匂いがしないっていうか、女はいるだろうけど、結婚はしないと思ってた。クールで、おまけに毒舌家だし？　ついてこれる女っているのかな、って感じでさ」

松方とこんなに話すのは久しぶりで、そして紫峰が結婚するとは思わなかった、と聞くのは初めてだった。

確かにそうかもしれない、と紫峰は思う。外見だけでなく、職業を明かしたりしても、自然と女はやってきた。結婚まで女関係がなかったとか、そういうことは一切ない。美佳と見合いをしたときだって、付き合っている彼女がいた。背が高くて上昇志向の強い、警察のキャリア組。洗練された美しさが気に入っていた。

その彼女と結婚も考えていた。付き合って二年。相手から催促されたのもあるが、好きという気持ちももちろんあって、そろそろプロポーズでも、と思っていた。プロポーズの言葉も用意していて、いつ言うかということも考えていた。

そんなときに、父から、世話になった人の娘と見合いをしろ、と言われた。その人は父がまだ独身の頃に、初めて配属された場所での先輩、ということだった。そのノンキャリアの先輩という人は早世して、妻と嫁にいっていない末娘が二人で暮らしているということだった。一度会えばうるさくないだろうという気持ちから、その娘と会うことにした。

見合い前日に、紫峰は付き合っている彼女に会って、抱き合いながらことの次第を話した。今でも、最後に抱いたときの腰の細さと、よがる声を覚えている。その彼女に、しょうがないよ、一度会ってくれば？　と言われて翌日、見合い相手、美佳に会ったのだ。

「警視の中村瞳子《なかむらとうこ》を振ってまで美佳ちゃんと、とはね。中村瞳子って美人で才女だろ？　おまけにスタイル抜群。どこが悪かったんだ？　見合いの前日、会ってたって聞いたぜ？」

よく知っているな、とそのニヤついた顔を少しだけ睨《にら》みつける。

「瞳子は結婚してもいい人だった。けど、美佳は結婚したい人だった。それだけの違いだ」

「なんでそう思ったんだよ」

食い下がる松方に苛《いら》立ちを覚えた。

ただでさえ、溜《た》まっているというのに。

「松方、さっき溜まってるんだろう、って聞いただろ？」

「ああ」

「実際、美佳と会えなかったり、してなくて溜まってることは事実だ」

顔つきが変わったのは自分でもわかる。松方の引いたような表情を見ても明らかだ。

「そんな僕を苛立たせるなよ。ミスしたらどうする」

松方は、わかった、と言ってそのまま口を閉じた。その横を通り過ぎると、松方はもう追いかけてこなかった。

松方は気のいい奴だが、ときどき余計なことを言う。

「係長、今日もよろしくお願いします」

昨日、指導した松井が丁寧に頭を下げた。

「昨日みたいなこと、するなよ」

その肩を叩いて、フロアを出る。警護対象者宅へ行く時間は迫《せま》っていた。足早に進むと、そのうしろを松井がついてくる。

「昨日は言いすぎた、悪かった」

松井は焦《あせ》ったように返事をする。

「いえ、そんなことは」

それを聞いて、小さくため息をつく。

ふと美佳の顔が思い浮かぶ。少しだけモヤモヤしたものが晴れた。美佳と結婚をした理由は、なぜかこの人と結婚するだろうと直感的に思ったからだった。

警護対象者宅へ行くための車に乗り込むと、仕事に対するストレスを紛わせるために、初めて美佳に会った日のことを思い出した。見合いをした日、付き合っていた瞳子にも、これまでの恋人達にも感じなかったものを彼女に感じた。それは、運命というもの。

美佳は今まで自分が付き合ってきた女と比べれば見た目は平凡だ。けれど会った瞬間に惹《ひ》かれた。

小説家だと聞いて、その日のうちにすべての本を買って、そしてそのすべてを読んだ。平凡な外見とは違う、深みを感じる小説だった。紫峰は、外見とその人の本質は違うのだと、このとき強く感じたのだ。文章表現の美しさは、自分にはまったくない感性だった。そんな美佳に感じたのはたったひとつ。もしかしたら気づかないで通り過ぎるような、そんな第六感的なもの。

『きっと僕は、この人と結婚するために生まれてきた』

そんなロマンチストみたいな考えを持つのはおかしい、と何度も紫峰は自分に言い聞かせた。たった一度会っただけなのに、バカバカしいとも考えた。しかし、美佳は言ったのだ。互いの親がいないとき、二人きりになったときだった。

『こうやって会ったのもなにかの縁でしょうけど、他の方がいらっしゃるのなら、どうぞそちらへ行ってくださいね』

丁寧な言葉と、首筋に注がれた視線。苦笑されて、思わず首に手をやった。美佳と見合いをする前日、紫峰は付き合っている彼女と会った。その彼女である、瞳子がキスマークをつけたのはわかっていたが、これくらいなら多分見えないだろう、と油断していた。

思わず手をやった自分の動作にも、美佳は動じることなく笑みを向けた。

意外に鋭い女だということに心奪われた。そして嫌味に聞こえない丁寧な言葉で指摘され、美佳の前にいるのが、とても恥ずかしかった。そんな状況にもかかわらず、美佳の言った「なにかの縁」という言葉が紫峰の耳に残っていて――

「あの、係長」

不意に松井から話しかけられて、顔を向けた。

「奥さんの美佳さんって、どんな人ですか？」

「どうしてだ？」

そんな質問を受けるとは思わなかった。きっと松方がなにか話したのだろう。

「松方さんが、係長にしては意外な相手だけど可愛い、と言っていたので」

聞いてみたいと思っていた、と言葉を繋《つな》ぐ。余計なことを話すな、と思うが可愛いということには紫峰も同意するので、ため息をつき、口を開いた。

「一言で言うと、女らしい人だよ」

丁寧な言葉と、女らしい胸も腰もある身体つき。おまけに教養深く、小説家だけあって知識も豊富。華道も茶道も一通りこなす。習わされていた、という割にはかなりの腕前だ。しとやかだけれど、きちんと仕事を持って自立している美佳は、女の中でも輝いて見えた。

「従順な感じですか？」

「いや、きちんとした仕事を持って自立している。収入は僕より多い」

「係長よりですか？」

「そう。すごいだろ？」

松井の反応に紫峰は満足した。

美佳はすごい、といつも思う。紫峰に運命を感じさせたこともそうだし、小説家としてかなりの収入を得ていながら、誰かにそれを自慢することもない。

美佳が紫峰のことを好きで結婚したわけじゃないことは、紫峰もよくわかっている。出会って二ヶ月、結婚するまでに二ヶ月。たった四ヶ月の付き合いで、すべてを好きになれとは言わない。美佳が紫峰との結婚を承諾《しょうだく》してくれただけでも、紫峰にとっては嬉しいことだった。今はまだ愛されるということになじめていないようだが、それもきっと時間が解決してくれると思う。

美佳のことを考えているうちに目的地に到着した。知らずため息が出る。

仕方なく紫峰は、彼女のことを頭から追い出す。美佳のことを考えると、そのことで頭がいっぱいになり、仕事に集中できないからだ。

車から降り屋敷に入ると、要警護者の大岩元総理は、すでに玄関で待っていた。

「やぁ、三ヶ嶋君、待っていたよ。今日はよろしく頼む」

七十一歳、今も政界に影響を及ぼす、女好きの政治家。初めて警護したときから、ずっと指名されているのは喜ばしいことなのか。

「こちらこそよろしくお願いします」

頭を下げると、いつもの笑顔を浮かべる。仕事用の顔は、いつも同じだ。

仕事中に女の顔が浮かぶことなど、今までなかったのに、つい美佳の笑顔を思い浮かべてしまう。

美佳と出会って結婚してから、仕事にこれまで以上に専念するようになった。美佳を心配させないためには、集中して職務にあたることが必要だと思ったからだ。

「聞いたよ、三ケ嶋君。結婚したんだって？　兄弟《きょうだい》の中で君が最後だったから、父上は嬉しかっただろうねぇ」

「ありがとうございます」

松井が不思議そうな顔をしていた。紫峰は自分の父が元警視総監であることを、ほとんどの人に言っていない。警備部警護課の中でも知っているのは、課長と松方だけだ。

「どんな人か、今度会わせてほしいもんだねぇ」

「都合が合いましたら」

当たり障りのない返事。それに満足したのか、大岩元総理は笑顔で頷《うなず》いて、警護車に乗り込んだ。

紫峰もその車の助手席に乗り込んで、気づかれないようにため息をつく。

もし美佳に本気で会いたいと言われても、きっと会わせはしない。紫峰は女好きの大岩を、好色爺と心の中でののしりながら、進行方向を見る。

これが終わったら、美佳と過ごせる。紫峰はそう思いながら、仕事に集中した。

3

丁度夕食を作り終えたところで、ドアが開く音がした。紫峰が帰ってきたのだと思い、美佳はコンロの火を消して玄関に出迎えに行く。

「お帰りなさい」

いつもより帰りが早かった。午後六時半をまわったくらいだから、かなり早い方だ。今日は早く帰ってくるという、予告通りだった。

「ただいま」

紫峰のカバンをその手から受け取り、美佳はもう一度お帰りなさい、と言った。そうしたら再度、美佳の手からカバンを奪って、紫峰が床に置く。じっと見つめられて、そのまま壁に身体を押しつけられる。いきなりの出来事に、美佳は瞬《まばた》きをして紫峰を見た。一瞬言葉を忘れて、大きく息を吸い込んだ。紫峰のあまりに性急な動きに、美佳は反応できずなすがままになる。

「紫峰さん？」

もう一度瞬きをして紫峰を見ると、いきなりキスされた。目を開いたままだったことに気づき、彼の動きに合わせて、ゆっくりと目を閉じる。それを見計らったかのように、紫峰の舌が口の中に入ってきた。

舌で唇を開かせるようにして、彼の舌がさらに深く侵入する。

いったん唇を離し、上唇をついばむようにして軽く触れられたかと思うと、今度は下唇を同じようにされた。そしてふたたび、美佳の顎《あご》に指をかけて上向かせ、深く唇を合わせてくる。

「ぁ……っんぅ」

息継ぎとともに甘い声が漏れる。紫峰からは熱くて忙《せわ》しない呼吸を感じた。

強く唇を重ねられて、美佳の意識はだんだんと心地よく薄れていく。紫峰の大きな手が美佳の胸を包む。余裕のないキスとは裏腹に、紫峰の手は優しく柔らかに上下する。

「ん……んっ」

どうにも身体に力が入らず、ズルズルと壁をつたって、腰が地に着いた。それに合わせるように、紫峰も膝《ひざ》をつく。濡れた音を立てて唇が離れると、紫峰が美佳を見つめていた。次の瞬間、唇を唇で挟むような短いキスをされ、ゆっくりと首筋をつたって紫峰の顔が胸に埋められる。

「あの……」

どうしたの？　と言いたかったけれど、息が詰まって言葉が出なかった。紫峰が触れるたびに、翻弄されて言葉が紡《つむ》げなくなっていく。

なにかを言う暇もなく、また唇が重ねられて、今度はスカートの中に手が入ってきた。太腿を撫でながら大きな手が身体の中心へ向かう。美佳の足を開かせ、その足の間に紫峰は身体を入れた。

ショーツのゴムに手を掛けて、ズルリと下ろされる。片方の足にショーツを残したまま、紫峰がさらに美佳の足を開いた。

エプロンもつけたまま、下だけ脱がされて、ただ紫峰を出迎えただけなのに、どうしてこんなことになったのか。嫌だとは言わないけれど、玄関じゃなくても、と思う。紫峰はこんなふうに身体を求める人だったのか、と少しだけ意外に思いながら熱いキスを受けた。

荒々しく胸を揉む仕草に、性急さを感じる。まるで美佳に触れるのを我慢していたようだ。

「美佳……」

ため息のような切ない声で、紫峰が美佳を呼んだ。それ以外はなにも言わず、美佳の足をさらに開いて、深いキスを続けながら、胸を揉み上げる。内腿に手を這わせて、そこを何度か撫でる。紫峰の息はすでに上がっていた。

それに同調するように、美佳の息も上がっていたけれど、紫峰の性急さに、まだ心がついていかない。

キスをされながら、身体の隙間に紫峰の指が入ってきて、下半身だけ愛撫される。初めは浅く突くだけだった指が、中のほうに入り込むと、思わずのけぞってしまった。

「紫峰さん……あ、あっ」

紫峰の長い指が何度も美佳の中を行き来して、敏感な部分に触れてくる。

一度指が離れたところで、美佳が一息ついて紫峰を見上げると、彼は上着を脱いでいた。ネクタイを緩めて、シャツをスラックスから引っ張り出す。それから再度深くキスをされて、ゆっくりと床に身体を横たえられる。唇が離れると、スラックスのベルトを外しているような音が聞こえた。

美佳からは、身につけているエプロンの陰になってよく見えない。紫峰は手早くカバンを片手で開けて、箱をとり出した。その中身がなんなのかは、美佳にもよくわかっている。

「ここでするの？」

思った通り、四角いパッケージが箱から出てきて、それを紫峰が口で噛《か》み切る。

「ごめん、我慢できない」

少しだけかすれた低い声が、余裕がないことを示していた。結婚して三週間、紫峰とはたった二度しか抱き合ったことはない。準備ができたのか、紫峰の硬い自身が、美佳の十分に蕩《とろ》けた隙間に軽くあてがわれる。そのままゆっくりと美佳の隙間を埋めていく。結婚前に抱かれたときは、久しぶりの行為とその質量で、少しだけ痛かった。今は痛くないけれど、その質量には思わず腰が引ける。

「腰を引いたら、深く入れない」

言われて美佳は身体の力をぬく。紫峰の手が美佳の頬を包んで見つめ合う。

「痛い？」

痛くないので首を振る。それを見て、紫峰はにこりと笑って、美佳の足を抱えた。

「あ、あっ……っ」

美佳の隙間がすべて紫峰で埋まる。

玄関の鍵を締《し》めたかを、確かめる余裕もなかった。少し不安を感じたが、腰を揺すられて、一番奥へと紫峰が進むと、もうなにも考えられなかった。

「はぁ……」

満足気に吐き出された紫峰の息が熱い。エプロンを捲《まく》り上げて、繋《つな》がった箇所を指でなぞられる。軽く押すように腰を動かされると、とたんに熱いものが内から込み上げてきた。

「美佳」

大腿《だいたい》から腰骨辺りまでを撫でるように、紫峰の手が上ってくる。スカートはもう下半身を一切隠すことなく、すべて捲り上げられていた。美佳には繋がっている場所が見えないけれど、紫峰にはきっと見えていることだろう。美佳は急に恥ずかしくなって、身を捩《よじ》った。その振動で、どうにもならない快感が腹部から上ってくる。

「美佳、動くよ」

「あぅ……」

紫峰が美佳の腰を緩やかに揺らし、ときどき強く突き上げる。何度か繰り返すうちに、その動きが速くなる。

「美佳、……っ」

「あ、あ、あっ」

変な声が出て、恥ずかしくなって口を閉じる。耐えるように、切れ切れに息を吐く。

「声、出して」

低い声が耳に響いて、美佳は首を横に振った。

「変、な声、だから……っ」

玄関でこんなことをしたのは初めてで、思わず声が漏れるのをとめられない。いや、それ以前に過去の恋人としているときにこんな声を出したことがあっただろうか？

「いいっていうんだ。もっと出して、美佳」

腰を揺らす速度がさらに速くなり、終わりが近いことがわかる。

終わりが近くなってもこっちがイかないと、イってくれない。

きっとほんの少しの時間しか繫《つな》がっていないのに、美佳は早くイきたくてたまらなかった。

「紫峰、さん、も……だめ……っ、あぅ」

「もう？」

意地悪く言って、腰をまわされる。それだけでももうダメで、美佳は紫峰のシャツを掴《つか》む。

「……ね、がい。イきたい、イかせて……っ」

「しょうがないな……っ。次は、僕のしたいようにさせてね」

美佳は首だけで頷《うなず》いた。それを見て紫峰は満足そうに笑い、美佳にキスをした。

上半身はほとんど触れられていない。本当に下半身だけ繫がった、動物みたいな行為。だけど、久しぶりの身体はそれを悦んでいた。

美佳の要望どおり、紫峰の腰のピッチが速くなる。それに伴ってあられもない声が出てしまい、恥ずかしくて目をつむる。キスをしていた唇が離れる。美佳が目を開けるとその唇が唾液の糸を引いていた。

「んっ、あぁ……！」

「美佳、……っ」

ひときわ強く腰を突き上げられて、動きがとまった。

快感が強くて、息が整わない。苦しくて、喘《あえ》ぐように息をしていると、そこへ柔らかい唇が軽く当てられる。何度も繰り返される羽のようなキスを、美佳はうつろな目で受けていた。

「美佳、ごめん、こんなところで」

紫峰が身体を離し、少しだけ腰を揺らしてから、繋がりを解《と》いた。

美佳の額に額をつけて、頬が少しだけ触れ合う。

「ごめん、我慢できなかった」

謝りながらも、近くにある紫峰の顔は満足そうだった。心も身体も満たされたような、そんな表情をしている。

美佳の隙間に、あまりにもピッタリと入っていたそれが抜けると、思わず切ないため息が漏れた。紫峰の身体が完全に離れても、美佳は余韻《よいん》で起き上がれなかった。足を閉じるとか、そういうことさえもできないくらい、快感が続いている。

紫峰の髪をかき上げる仕草と、スラックスの間から見える、下着とシャツの着崩れた具合が、どうにも情事の後を意識させた。

どうにか起き上がって、開いたままだった足を閉じる。が、上手く閉じられない。左足のくるぶしに引っかかっているショーツが、とても恥ずかしかった。足の間は少しだけ気持ち悪かったけれど、愛された箇所はまだ、その感触が残っていて不思議と満ち足りた気分だった。

「背中、痛くない？」

紫峰の大きな手が、背中を優しく撫でる。

「大丈夫」

「……そう、よかった」

安堵《あんど》したような表情を浮かべて紫峰は美佳を見る。そしてスラックスのファスナーだけを上げると、そのまま立ち上がった。どう見ても卑猥な感じがする紫峰の下半身。先ほどまで美佳を愛した場所は、服の中に納まっている。シャツがはだけた部分からは、キレイなくらい筋肉がついた腹部が見えている。

こんな場所で、帰ってくるなり抱き合うなんて。待ちきれないくらい、美佳としたかったのだろうか。

「立てる？　風呂沸いてるんだろう？」

いつも紫峰がすぐに風呂に入れるよう、きちんと準備している。帰りが遅いときは温め直しが必要になってしまうが、風呂に入って疲れをとってほしいと思うから。美佳が頷《うなず》くと、身体がヒョイッと浮き上がる。

「紫峰さん、なに!?」

いきなりの出来事に驚く。きっと自分は重いだろうと焦《あせ》る美佳に対して、難なく抱き上げた紫峰は余裕顔。

「重くない？」

「ぜんぜん。それより風呂、一緒に入ろう」

夫婦は一緒にお風呂に入るものというけれど、生まれてこのかた、二十九年、男性とお風呂なんて入ったことがない。おまけに、紫峰と抱き合ったのは今日で三回目。身体を見られるのもまだ恥ずかしいのに。

「あの、紫峰さん先に入って。私は後から」

「二人で入ったほうが経済的だろう？」

確かにそうですが、と美佳は心の中で呟《つぶや》いた。浴室に行き着き、腕から降ろされる。これから一緒に入るのだと思うと、恥ずかしい気持ちもあるが、今は濡れたままの下半身をどうにかしたい気持ちのほうが強い。気をとり直して紫峰を見上げる。

「ごめんなさい、重たかったでしょ」

もう一度、美佳がそう言うと苦笑しながら紫峰は首を振る。

「重くないって」

美佳のエプロンが素早く外される。紫峰は自分のネクタイを解《と》いて、美佳のスカートのファスナーを下ろしながら、自分のシャツのボタンを片手で器用に外していく。紫峰はきっと他の女性とお風呂に入ったことがあるのだろう、と想像した。

「美佳を抱き上げられないほど、非力じゃないよ」

スカートを取りさられ、紫峰もシャツを脱ぐ。上着を脱がそうとした彼の手をとめて、美佳は自分で脱いだ。紫峰に背を向けると、脱衣所においてあるカゴに入れる。うしろでベルトをはずして、スラックスを脱ぐ気配がある。それを見ないようにしていると、紫峰にブラジャーのホックを外された。慣れた動作で片腕ずつ紐《ひも》をとる。

裸になった美佳の背中に大きな手が這って、首筋に唇が当てられる。その行為に肩がすくむ。紫峰は浴室のドアを開けて、そのまま美佳を導いた。

「入って、美佳」

浴室に入ると、まだ沸いたばかりの風呂が湯気を立てていた。フタをするのを忘れていたが、こうなればそのままになっていてよかったと思う。後から紫峰が入ってきて、シャワーのコックをひねる。温度を確認しながら、風呂においてある椅子に腰掛けるよう言われた。

恥ずかしい思いをしながら美佳が座ると、こっちを向いてと言われ、紫峰の方を向く。紫峰は美佳の前に胡坐《あぐら》をかいて座っていて、下半身にはタオルがかけられていた。

タオルを手にとって、ボディシャンプーを泡立てる。なにをするのか、と思ったら美佳の左腕をとって、泡立ったタオルを滑らせた。手を引きたいが、なんとなくそれができない。紫峰は他の誰かもこうやって洗ってやったことがあるのだろうか。慣れた動作が、それを思わせる。

「紫峰さん、あの……」

居心地の悪さが勝って、声をかけた。恥ずかしさもあるから、美佳は自分で身体を洗いたかった。

「なに？」

「自分で洗うから。こうやってお風呂に入るの、恥ずかしいし」

美佳は、思わず自分の身体をもう片方の手で隠した。けれど、その手もとられて、両腕を紫峰の大きな手で広げられる。なにも隠せない状態になるのは、心もとない。紫峰は余裕の表情で、にこりと笑って見せた。

「僕も恥ずかしい、美佳ほどじゃないけど」

「うそ」

「本当。だからタオルをかけてる。興奮した自分を直《じか》に見られるのは恥ずかしい」

言われて美佳は、紫峰の下半身にかけてあるタオルを見る。その下が、興奮しているかは、わからない。

「興奮なんて」

ウソよ、と言うように美佳が首を振ると、紫峰はため息をついて美佳を見た。

「する。少なくとも、美佳を見て玄関で襲うほどには」

赤面するような台詞《せりふ》を言った後、たっぷり泡立ったタオルで美佳を再度洗い始める。美佳の左胸をタオルが滑り、脇の下も洗われる。反対側も同じようにされた。洗っていた手がとまり、紫峰が美佳を見る。

「嫌ならやめるけど」

目の前の紫峰は、引き締《し》まった男らしい身体つきをしている。胸板が厚く、腕も腹も贅肉なんてない。美佳のたるんだ腹部や、年齢とともに垂れてくる胸とは大違いだ。

「恥ずかしいのは、私の身体がそんなにキレイじゃないから。胸なんか、垂れてきてるし」

美佳が自由になった手で胸を隠すと、その手をとって紫峰は微笑んだ。

「僕は美佳の身体が好きだ。下がってくるのが嫌なら、僕が毎日揉み上げてもいい」

思わず紫峰の腕を叩く。美佳の行動に紫峰は笑って、酷《ひど》いな、と返す。叩いた紫峰の腕は、やはり無駄なく引き締まっていて、美佳は自分の身体が恥ずかしくなった。

「揉み上げるなんて、して欲しくない」

そう？　と言って、美佳の足を持ち上げると、丁寧に下腿《かたい》から大腿《だいたい》まで洗われる。たくさんの泡で包まれた自身の足を、太いなと眺《なが》めながら、この人はどうしてこんなに大事に扱ってくれるんだろうと不思議に思う。

二十九歳だから、後もないから、という気持ちが強くて結婚した。雰囲気に合った紳士的な態度に好感が持てたし、紫峰のことは嫌いじゃなかった。会う度に熱烈に愛をささやかれ、悪い気がしないどころか、その熱い気持ちに引き寄せられた。

紫峰のことだから、きっと美佳の焦《あせ》る気持ちを知っていて結婚を決めたのではないだろうか。結婚して一緒に暮らして知ったのだが彼はすごく、勘がいい。だからきっと、美佳の心中を察してくれたに違いない。

「うしろを向いて」

両足を洗い終えて、うしろを向くと、タオルで背中を洗ってくれた。力加減が気持ちよくて、思わず前かがみになってしまう。

「背中、青くなってる。痛くない？」

押されると少し痛みがあった。背中の中心辺りがきっと打ち身のように青くなっているのだろう。

「押すと痛い」

「ごめん。もう床でしないから」

本当にすまなさそうな声が、美佳の耳にダイレクトに届いた。

「美佳、きちんと座って」

苦笑して、うしろから身体を起こされる。大きな手が胸の上を滑って、思わず息をとめた。丁度良い熱さのシャワーをかけられて、泡が流れていく。そのまま頭にもシャワーをかけられ、すぐにシャンプーをされる。人に頭を洗ってもらうことなんて、美容室でしかないので、それも心地よかった。

「はい、終わり」

軽く髪の毛を絞り、湯船に入るよう促される。言われるままに湯船につかると、紫峰は自分で身体を洗いだす。その様子を眺《なが》めていたら、目が合いそうになって咄嗟《とっさ》に目を逸《そ》らした。

さっさと洗い終えた紫峰も、同じように湯船に入ってきた。美佳は足を縮めて、場所を空けた。手を引き寄せられ、うしろから抱きしめられる。美佳の身体は紫峰の腕の中に納まった。腰に腕がまわって、本当にラブラブなカップルみたいな格好になる。なにがどうしてこんなに愛されるのか、とますますわからなくなる。

「紫峰さん、私のどこが好きなの？」

私は普通だよ、どこにでもいるような人だよ、と美佳は心の中で呟《つぶや》いた。ここまで大事に扱って、おまけに玄関で動物みたいに盛るような愛し方をしたくなるほどの魅力が、自分にあるとは思えない。

「美佳といると、しっくりくるんだ。ずっと側にいたい感じがする。どこがと聞かれても、すべてだから答えられない」

髪の毛を耳にかけて、首筋に口づけられる。

「いつも、同じことを聞かれるけど、君はどうなんだ、美佳。僕のどこが好き？」

たしかに美佳は聞いてばかり。そして言葉は違うが、紫峰はいつも同じように答える。

「私を、大事にしてくれるところ。出会ってから結婚までかなり短い期間だったのに、どうしてこんなに大事にしてくれるのか、っていつも不思議に思う」

美佳がそう言うと、紫峰は少しだけ笑って、美佳の身体を両腕で抱きしめた。

「好きな人は大事にしたい、それだけ。美佳は僕のこと、信じてくれないわけ？」

「信じてるけど、ここまでされたことがないっていうか」

そう言うと顎《あご》をとられて、うしろを向かされる。唇に柔らかい紫峰の唇が寄せられる。ついばむようにキスをされて、舌がゆっくりと入ってくる。けれど、深くなっていくかと思ったキスは、すぐに終わってしまった。

「美佳は、僕に大事にされるために生まれてきたんだと思う。きっとね」

優しく笑うその顔に、どうしようもなくドキドキした。抱きしめられているから、きっとこの鼓動は伝わってしまっているだろう。ここまで言ってくれる人は、きっとこれから先にも現れないだろうと思う。

「美佳、今日は安全日？」

「え？」

言葉の意味がわからず、首を傾げた。すると紫峰が耳に唇を寄せて、とんでもないことをささやいた。美佳にとってはとんでもないことだが、紫峰にとっては大したことではないのかもしれない。

「今日は大丈夫だと思うけど、でも、あの……」

ためらうようにうしろを振り向くと、そのままキスをされる。唇をついばむようにゆっくりと動いた紫峰の舌が、先のほうだけ美佳の口の中に入ってきて口内を愛撫する。美佳は唇と唇の隙間から息を吸うが、最後に深く唇を重ねられて苦しくなった。

「しちゃダメ？　美佳……」

そう言ってまた深く唇を重ねる。うしろから紫峰に抱きしめられた体勢で、このままキスを続けるのは少しきつい。彼の腕に触れて、美佳から唇を離す。このままの体勢だと、うしろから抱かれることになりそうだと、と思った。美佳はうしろから抱かれるのがあまり好きではない。けれど、今日はこのまま紫峰にうしろから抱かれるのもいいかもしれない、とぐるぐる考えていた。

そうして息も絶え絶えになりながら、美佳は紫峰に尋ねる。

「うしろからするの？　それとも前から？」

チャプンと湯が鳴って、下から上に胸を揉まれる。紫峰はすっかりその気になっているようで、唇が美佳の首筋を這いだした。

「どっちがいい？」

声とともに、紫峰の唇が耳を撫でるように動く。首をすくめて息を吐きながら、紫峰の腕に触れていた手を移動させて手のひらを重ねた。

「どっちでも、いいですよ……」

優しく胸に触れていた手がとまって、耳元で紫峰が微かに笑う。

「どっちでもいいなら、前からにしよう。美佳の顔が見えるから」

浮力を利用して身体を反転させられる。紫峰の膝《ひざ》の上にのる格好になった。

「それに美佳は、前からの方が好きだよね？」

「そんなこと、言ったことない」

「そう？　言っているように思えるけど……」

そのまますぐに美佳と繋《つな》がろうとしたので、とっさに手で制したが、それは空しい抵抗だった。

腕ごと抱き寄せられて、ゆっくりと紫峰と繋がる。

「あ、あっ」

「正面から抱くと、感じ方が違う」

美佳の隙間に埋め込まれる紫峰はやはり、かなりの質量だった。今まで付き合った人と比べるのも失礼だが、かなり大きさが違う。入ってすぐは苦しいが、すぐに慣れて快感に変わる。自分が感じているのを見られるのは、恥ずかしくてたまらない。

「そんなの、違、う……っ」

「そうかな……？　美佳、少し緩めて。きつい」

紫峰が美佳の身体を揺すり始める。水の音がやけに大きく響いて、それだけで美佳の身体は感じてしまう。美佳の中を行き来する紫峰の感覚に、こらえきれない声が少しずつ漏れる。

「できない、よ」

緩めるとか、どうやってするかわからない。紫峰はいつもこんな要求をする。けれど、美佳は男性経験が豊富なわけではないから、そう言われても困ってしまう。

「毎回、慣れないいな、美佳」

紫峰が身体を持ち上げるように動かした。それだけでまた快感の波が押し寄せ、濡れた声を上げてしまう。紫峰の首に手をまわし、紫峰の体幹《たいかん》を両足で締《し》めつける。

「痛くない？」

一度揺するのをやめて、紫峰が美佳の背中を撫でる。

「だい、じょうぶ。……紫峰……さ……っ、んんっ」

美佳がそう言うと、ゆっくりと腰を動かしながら首筋に舌を這わせる。首筋を撫でていた柔らかい舌が、鎖骨へと移っていく。それから大きな手が美佳の胸を揉み上げて、先端を口に含みながら、もう片方の手で腰を強く引き寄せる。

「……っん……っぁ」

紫峰の口が美佳の胸から離れて、顎《あご》を軽く食《は》んだあと、唇に行きつく。ついばむようなキスを交わし、紫峰がため息のような息をつく。

「気持ちいい」

唇を少し舐めながらそう言う姿は、視覚的に色っぽい。

「美佳は？」

そんなこと聞かなくてもわかっているじゃない、と思いながら、美佳は紫峰の首筋に顔を埋める。みずから腰を少しだけ動かすと、かすかに紫峰が笑った。

美佳の動きに応えるように紫峰が動く。湯の浮力で簡単に身体が持ち上がるからか、下から何度も強く揺らされた。美佳は風呂でなんて抱き合ったことはなかったし、こんなに気持ちよくなって濡れた声を出したこともなかった。

けれど紫峰はきっと風呂で抱き合ったことがあるのだろう。ここまでの経緯にどうにも慣れた感じが否めない。そしてふと我に返って思うこと。紫峰には結婚直前まで、付き合っている人がいたことだ。嘘はつきたくないから、と正直に結婚前に告白された。きちんと別れて美佳と結婚するのだと、そう言った。実際、美佳と付き合い始めてから、他の女性の影を感じたことはまったくない。

『ナカムラトウコっていうんだよ、美佳ちゃん。美人でスタイルが良くて、階級も俺らより上なんだ』

紫峰の友人を問い詰めて教えてもらった紫峰の元彼女。

「美佳？」

耳に届く、低く甘い声。いつもと声色が違うのは、紫峰が美佳で感じているからだ。

乱れた髪を耳にかけられて、首を引き寄せられる。

「余裕あるな。考えごと？　こんなにゆっくりじゃなくてもいいのかな？」

勘がいい紫峰には、美佳が集中していないことなどお見通しだったようだ。首を捕まえられたまま、緩く腰を揺らされる。片方の腕は美佳の腰を固定していたが、首にまわされていた手が這うように上がってきて美佳の顎《あご》をとらえた。

「口、開けて」

言われるままに口を開くと、そのまま噛《か》みつかれるようにキスをされた。唇を痛いくらい吸われて、腰を突き上げるように動かされる。

キスをしながら強く動かされるので、息がつらくなる。息継ぎをしても酸素が足りなくて、目の前がチカチカする。紫峰の抱き方はいつも情熱的で、そして丁寧だ。

まるで美佳の中には紫峰が初めからいるような、そんな緩く甘い快感をずっと与えられている。

さっきまで頭の片隅にあった、ナカムラトウコの名前もなにも考えられなくなった。

「も、無理……む、り……ダメ……っ！」

身体の中をかきまわされるような感覚。言葉という言葉は、まったく意味をなさなくなり、紫峰が美佳を呼ぶのも、どこか遠いものに感じた。

「なにがダメ……？」

紫峰は意地悪だ。忙《せわ》しなく息をする美佳を見て、同じように忙しなく息を吐きながらも紫峰は、微かに笑う。

「いじ、わる……っん」

「それは美佳だろ？　いつも狭くて、耐久力を試されているみたいだ」

紫峰は美佳の頬に唇を寄せて、後頭部に手をまわす。もう片方の手は腰を抱き寄せて、強く腰を動かしている。

「……っぁ、あ!」

「……美佳」

小さく呻《うめ》いて、一度動きをとめてから、わずかに腰を揺らす。紫峰の腰の動きがとまると、美佳は自分の身体の中に熱いものが広がるのを感じた。

「しほ、さん……」

美佳が紫峰の名を呼ぶと、優しく背を撫でられた。

紫峰が美佳の中で果てるのは初めてだった。今までよりも紫峰を身近に感じる。

「中で出したけど、嫌だった?」

呼吸を整えながらそう言う紫峰の声を耳元で聞いて、美佳は首を横に振る。

本来なら子供をつくる行為。中で受け入れたら、妊娠する確率は高い。紫峰は美佳とそうなっても構わないと思っているのだと、それだけ美佳との未来を考えているのだと思えた。

「今度は、ベッドで抱いて……紫峰さん。ゴムはしなくていいから」

「もちろんそうするつもり」

紫峰はキスをして身体の繋《つな》がりを解《と》く。美佳の中にいた紫峰がいなくなると、言いようのない喪失感を感じた。

「なにも着けない方が、美佳の中を感じられてよかった。本当によかったよ」

紫峰の言葉に顔が熱くなるのを感じて、美佳は湯船から上がる。シャワーを軽く浴びて、紫峰の視線を感じながら、そのまま浴室を出た。

紫峰も風呂から上がり、タオルを巻いたままベッドへ行く。

ベッドの上でゆっくりと抱き合って、避妊なんかしないで紫峰を受け入れた。

やっと本当の夫婦の営みをしたような気がする。

この日、美佳は初めて紫峰のすべてを受け入れたような気がした。

4

美佳の中に自身を解放して、その背中を撫でていた紫峰は、久しぶりにした美佳との行為を反芻《はんすう》していた。

どうしてこんなに好きになったのか、と思いながら、美佳と出会ったときのことを思い出す。

美佳と会う前日、紫峰は当時付き合っていた彼女と会い、ホテルで食事をした。そして、その彼女のために、ホテルの部屋をとっていた。もちろん、目的は抱き合うこと。久しぶりに会ったその人と、抱き合うのは自然なことだった。男と女が付き合う過程で、その行為は当たり前だと思っていた。

紫峰はその人と結婚を考えていた。愛しているとか、そういう感情は抜きにして、二年間付き合ってきた同い年の彼女とは、そうするのが自然なことに思えた。

なのに、美佳と会ったその日に、彼女よりも美佳とずっといたい気分になった。なぜか、自分はこの人と結婚すると、直感的に思ったのだ。付き合っている彼女との結婚生活は想像できなかったのに、美佳との結婚生活はなぜだか簡単に想像できた。

美佳と初めて会った見合いの日のことを思い出しながら、美佳の身体を抱きしめる。

紫峰は見合いの日、大きな失態をした。それは決して許されることではなく、本来ならば美佳が怒って当然という類のものだった。けれど美佳は今こうして自分の腕の中にいる。自分の隣に美佳がいるこの幸福は、紫峰が見合いをすると決めた瞬間から始まっていたのだ――


「『今日一日で、最高何回できるか試してみない？』って言ったこともあったわよね、ミカ」

久しぶりに会った彼女は、自分が覚えていないフレーズを言い出した。彼女の名は中村瞳子。警察官のキャリア組。

「そうだっけ？」

「そうよ。ミカってば、すぐ忘れる。結局どれくらいしたっけ？」

「覚えてないけど」

紫峰の返答に、瞳子は不満そうな顔をしてため息をついたが、目の前の料理が美味しいためか、さほど怒っていないようだ。彼女がホテルで夕食を食べたいと言っていたから、紫峰は今日のために一週間前から予約を入れていた。

「明日は何時から？」

首を傾げて聞く瞳子には、仕事のときには見せない愛嬌《あいきょう》がある。紫峰はそういうところが好きだった。

「非番だよ」

「私も。今日はゆっくりできるね」

「僕はゆっくりできない。明日は見合いだ」

「え？　お見合い？」

ワインを口に運んで、目の前の彼女を見る。紫峰はそうだけど、と素っ気なく答えてナイフとフォークを再度手にとった。気のない話し方になったのは、その見合いを苦々しく思っているからだ。

見合いを勧《すす》められたとき、父には、付き合っている彼女がいる、と言った。が、父は兄と弟が結婚していて、次男の紫峰が結婚していないことに対して思うところがあったらしい。彼女がいても結婚しないのなら、一度その人と会え、と強く言われたのだ。

「断れなくて。しょうがないから一度会ってくる」

紫峰は悪いとは思いながらも、恋人に真実を話した。

本当に気は進まないけれど、それでも会わなかったら父もそして母も黙ってはいないだろう、と感じていた。

「……そう。……ねぇ、私とのこと、考えている？」

互いに三十六歳。結婚をしていて子どもがいたっておかしくない。だが、彼女は上昇志向も強く、女ながらに異例のスピードで警視まで昇進していて、仕事を優先していた。

「考えているよ、瞳子。ただ、会うだけだ」

「本当に？」

「でなきゃ前日に瞳子と会ったりしない。上に部屋もとってるんだ」

瞳子はやっとホッとしたような表情を見せて、にこりと紫峰に笑いかけた。普段気が強いが、紫峰の前では女の顔になる。そのときの瞳子は可愛げがあった。スタイルもいいし、美人なところが紫峰は気に入っている。紫峰のことを名前で呼ばず、苗字の三ケ嶋から取って「ミカ」と呼ぶところも可愛い。

「今日一日で、最高何回できるか試してみる？」

瞳子の言葉を借りて紫峰が言うと、瞳子ははにかんだ。

「明日、大丈夫なの？」

「大丈夫。本当に会うだけだから」

紫峰は余裕の笑みを見せた。

気持ちが揺らぐことなんてない。紫峰は二年付き合ってきた、このキレイで可愛いところのある瞳子と、本当に結婚を意識しているから。

「嬉しい、ミカ」

料理は途中だったけれど、そんなものは互いにどうでもよくなって、中断して予約してある部屋へ行った。

シャワーも浴びずに、すぐに抱き合ってキスをする。瞳子の細くて長い足が紫峰の足に絡まるのは、かなり扇情的《せんじょうてき》だった。そこまではよかったのに、耐えるように瞳子の足が紫峰の腰を強く挟んだ瞬間、腰に固い膝《ひざ》が当たった。痛くて、気持ちがやや冷めてしまった。萎《な》えることはなかったが、紫峰はなかなかイけなかった。

結局たった一回の行為で、瞳子はぐったりしてしまった。きっと仕事の疲れもあったのだろう。そのままシャワーも浴びずに寝てしまった。紫峰にとって今日の行為は達することはできても疲れただけで、軽くシャワーを浴びてそのまま眠りについた。

翌朝、鈍い頭を振りながら、チェックを済ませてひと足先にホテルを出た。出がけに、部屋の中にいた瞳子に、また連絡するから、と言って軽く手を振り、ドアを閉めた。

「なにをしているんだか」

家に帰ってもう一度シャワーを浴びて、そしてスーツを着替えて、と段取りを考えるだけで頭が痛かった。

このときの紫峰は、もう少しで運命の人が現れるとは、まったく思いもしていなかった。

5

見合いの場所であるホテルに着くとすぐに、紫峰の姿を認めた父親から声をかけられた。

「早いな紫峰。いつもお前は遅刻しない」

笑みを浮かべて頷《うなず》く父に、当たり前だ、と返した。

「したらいけないでしょ。ゴリ押しして見合いを勧《すす》めたのは誰？」

紫峰の父、三ヶ嶋峰生《ほうせい》が勧めた見合いの相手は、峰生が昔世話になって以降、ずっと交流があった警察官の娘だった。会うだけでも会ってみろ、と再三言われて承諾《しょうだく》したのを、父は忘れているらしい。

本当は、昨日瞳子と会うつもりはなかった。だが、二週間以上会っていなかったので、瞳子がどうしても会いたいと言い出した。瞳子と会うのなら、寝たい。瞳子を不安にさせたくはなかったけれど、次の日の見合いのことを話すことになるだろうというのは予想がついていた。自分と抱き合った翌日に見合いに出かけるなんて、ひどいと思われることも承知の上だった。溜まっていた性欲を発散させたい気持ちが強かったのだ。

それに、今回の見合いは、ただ一度会うだけだと高を括《くく》っていた。昨日の行為で多少疲れているが、別にどうでもよかった。どうせ、先方から断りが入って終わりだと、そう思った。

今日の見合いはそういうものだ、と。

「いい娘さんだよ。断るとしたらかなり惜しいが、単なるきっかけだと思って会え」

紫峰は三人兄弟《きょうだい》の二番目だ。三歳上の兄の峰隆《ほうりゅう》はすでに結婚していて、子どもが二人いる。そして三歳下の弟の峰迅《ほうじん》にも、一人子どもがいる。二人とも二十代半ばで結婚した。父と母からいつも言われるのは、良い人はいないか、ということ。兄と弟は警察のキャリア組。紫峰だけノンキャリアだからなのか心配しているようだ。

「……どんな人？　写真も見てないけど？」

写真がある、と電話で言われていたが、忙しくて見る暇がなかった。父から可愛い人だ、と言われているので、容姿は悪いわけではないのだろう、と想像している。

「堤美佳さんという人だ」

「名前は聞いたよ」

うんざりしながら紫峰は言った。都知事の旅行に付き添い、やっと昨日帰ってきたばかりだ。そしてその夜、瞳子と会って食事とセックス。疲れはかなり限界にきていた。

「ＳＰは忙しいか？」

「やりがいはあるけどね。ただＶＩＰと旅行に行くと、疲れるかな」

峰生はにこりと笑い、先方はもう来ているから、と紫峰を促した。

峰生の隣に並んで歩く。峰生は紫峰の仕事になにも口を出さない。兄や弟に対してもそうだが、とくに紫峰にはなにも言わなかった。兄と弟とは別のノンキャリアの道を紫峰が選んだことを、父は喜んだ。やりたいだけ頑張れ、と応援してくれた。

「堤美佳さんはな、結構な才女だぞ。フランスとアメリカに留学して、翻訳家になっているし、それだけではなく小説家としても活躍しているそうだ。おまけに華道と茶道の名取《なとり》。自立した女性だ。たぶんお前より収入が多いと思うぞ」

「へぇ、それはすごい」

すごいと口では言いながらも、そこまですごいと思っていない。仮に結婚したとしても、養ってやる必要はないわけだ、と毒づいたにすぎない。どうせ家にこもっているような女、オタクに決まってる。そんな人と、性格が合うわけない。もしかしたら性生活の不一致もあり得るかもしれない、と下世話なことにまで思いを巡らせる。とにかく、父の言う堤美佳は、紫峰の好みから外れている。紫峰は自分をしっかり持った、洗練された女性が好みだから。

「お父さん、ちょっとトイレに行くから、先に行って」

「わかった。待ってるぞ」

別に用を足したいわけではなかったが、会いたくない気持ちが増し、対面を少しでも先延ばししたかった。洗面所で手を洗っていたら、首筋に赤い痕《あと》があることに気づいた。ネクタイを締《し》めるとき、よく鏡を見なかったので、今まで気づかなかった。

「これくらいなら大丈夫か」

首を傾げなければキスマークは見えない。紫峰はそのまま、トイレを出た。

トイレを出た直後に、誰かとぶつかった。

「あっ！」

「すみません」

そこにいたのは着物姿の女性。その拍子に彼女のかんざしがシャランと音を立てて落ちた。赤い着物に、赤い牡丹の花かんざし。金属の飾りが控えめに下がったそのかんざしを見て、趣味がいいな、と思った。紫峰はそれを拾い上げる。

「すみません、よく落ちるんですよ。何度も挿し直しているんですけど」

やや面長で目は大きくも小さくもない、けれど笑うとどこか愛嬌《あいきょう》のある女性だった。薄めの口元には、趣味の良い色の口紅が引いてあった。古風な感じに髪を結っていて、それもとても似合っている。とにかく好感のもてる雰囲気だった。

「挿し方が甘いんでしょうね」

紫峰はそのままうしろにまわって、かんざしを挿してやる。グッと強く挿し込まないといけない、と母親が言っていたことを思い出して、痛くないように気をつけながら力を込める。そのときに見えたうなじが白くてキレイで、紫峰は思わず目を奪われる。

「あ、あの、すみません。こんなことまで、ありがとうございます」

礼儀正しく、深々と頭を下げる。今時、こんな風に丁寧に頭を下げて礼を言う人がいるだろうか。躾《しつけ》が行き届いている。どこのお嬢様だろう。着物の着こなしも品がいい。

「いえ」

紫峰は首を振った。そうすると、着物姿の女性はまた頭を下げて礼を言い、レストランの方へ歩いて行ってしまった。着物姿なのに歩きなれたその姿は、本当に珍しかった。

「今時、まだああいう人もいるんだな」

紫峰も同じようにレストランに向かって歩き出し、ふと想像する。振袖の着物だったから、彼女も見合いなのかもしれない。

そう思いながら行き着いた考えは、彼女が見合い相手ではないかということ。

紫峰は思わず早足になって、赤い振袖姿の彼女を追いかける。けれど、紫峰はすぐに歩を緩めた。峰生と彼女が向かい合って座っていたからだ。紫峰は足をとめた。峰生が紫峰に気づいて手を上げる。

赤い振袖の彼女が振り向いた。そして、少し驚いた顔をしたあと、気を取り直したように唇と瞳に笑みを浮かべる。手はもちろん前に合わせて、頭を深々と下げて礼儀正しく。

その拍子に紫峰が挿したかんざしが揺れて、白い手がかんざしにそっと触れる。紫峰が挿してくれた、ということを言いたいのだろうか。笑みを浮かべた瞳は小さくなっているけれど、それが可愛らしかった。

胸と息が詰まって、心臓の鼓動が速くなる。いい大人のくせに、馬鹿みたいに内心慌てていた。もちろん、それを顔に出すことはなかったけれど。

「結婚、するのか？　この人と」

紫峰の呟《つぶや》きは誰にも聞こえなかっただろう。ただ独り言を言ったにすぎないが、紫峰は小さく首を振った。瞳子の顔がよぎって、馬鹿なことを、と思い直す。けれども、すぐ目の前にいる赤い振袖の彼女が気になってしまう。

紫峰は席に着いて、改めて相手の顔を見る。白い肌に、少しだけそばかすが浮いている。けれどそれは、愛嬌《あいきょう》を損なうことはなく、キレイな肌をしていた。きっと瞳子のように素晴らしいスタイルはしておらず、背も百六十センチもないくらいと小さいだろうが、仕草や振る舞い、そしてなにより笑顔になぜだか惹《ひ》かれる。伏目《ふしめ》がちにしている瞳を覗《のぞ》き込みたくなったが、失礼だと思ってやめた。やけに緊張して、紫峰は急にネクタイが苦しくなった。

こんなことは初めてだ。初対面の相手に、こういう感情を抱いたことは、これまで一度もなかった。

『こうやって会ったのもなにかの縁でしょうけど、他の方がいらっしゃるなら、どうぞそちらへ行ってくださいね』

『……？』

『首にキスマーク、ついてますよ』

彼女の視線が注がれていたのは、紫峰の首筋。見えないだろうと気を抜いていたのが悪かった。本当に、しまった、と思った。

笑みを浮かべた見合い相手は、目を細めて可愛く笑う。そして、気にしないでください、と言った。気にしないわけないだろう、と思いながら、紫峰はキスマークがついている方の首を隠すように、手で覆《おお》った。

『三ヶ嶋さん、私の方からお断りしておきます。私の父との義理で会ってもらったんですから』

義理、と言う言葉を聞いて、確かにそうだと思った。紫峰も乗り気じゃなくて、前日は恋人と会っていたくらいだったから。けれど今は性格が合うわけないとか、オタクな女に決まっているとか、そんなことばかり考えていた自分が恥ずかしい。

なぜなら、美佳に心が惹《ひ》かれているからだ。理由なんて説明できない。ただ心が感じた。

だから、紫峰は美佳の申し出にＮＯを出す。

『いえ。僕ともう一度会ってください。できれば、この痕《あと》が消えた頃に』

首にキスマークがある男など、普通の見合い相手なら断るに決まっている。紫峰も多分に漏れずそうされると思った。神に祈りたい気分でそう言うと、美佳は微妙な笑みを浮かべていた。その表情が示すのは、この出会いがどうでもいいと言っているような、そんな印象のものだった。

だが、紫峰はどうにかして美佳との関係を繋《つな》ぎとめたかった。

『会ってくれますか？』

会って欲しいことを強調して言うと、目を伏《ふ》せて美佳は返事をした。

『……はい』

キスマークが消えた数日後、約束通り、美佳は会ってくれた。初めて二人だけで会うその日、どこに行こうかかなり迷ったが、映画を見ることにした。面白いアクション映画で、美佳も喜んでくれた。映画を見た後に、もう一度美佳と会う約束をして、次はドライブに誘った。まるで一日旅行のような気分で、食事をしたり途中で店に寄ったりしてドライブデートを楽しんだ。美佳は話題が豊富で、話は尽きなかった。笑う仕草が可愛くて、何度もじっと見てしまい、そのたびに視線を逸《そ》らされたが、それでも紫峰は嬉しかった。

一度目よりも、二度目に会ったときの方が、美佳に惹かれている自分に気がついた。なにが起きたわけでもないし、ましてドラマチックな出会いをしたわけでもないのに、なぜか心奪われた。紫峰の好みとはまったく違うが、優しく大らかでよく笑う美佳を見ていると、強く惹かれてしょうがなかった。

三度目のデートの頃には、美佳は自分と会うことに慣れた様子だった。三ヶ嶋さん、と呼ぶその声を聞いて、早く紫峰と名前で呼んで欲しいと思うくらい、紫峰は美佳が欲しくなった。

こんな出会ったばかりの、しかも見合いの相手。どうかしているんじゃないか、自分には瞳子がいるじゃないか、と紫峰は本当に言い聞かせた。瞳子と結婚を考えていたのに、この切り替えの早さはなんだ、と自分の不誠実さが嫌になった。

それでも美佳と会うと、その罪悪感さえ吹き飛んで、この人と一緒にいたい、と強く思った。

美佳と三度目に会ったその夜は、瞳子と会う約束をしていた。何度も自問自答した結果、紫峰はやはり美佳に強く惹かれていて、恋をしているのだと結論を出した。その日、美佳を早い時間に家に帰すと、瞳子と会うために着替えて、瞳子の好きなレストランに出かけた。紫峰は瞳子と別れることを決めていた。

美佳が自分のことを特別好きなわけではないのはわかる。けれど好感を持ってくれていることはわかっていた。年齢は二十九歳、そろそろ結婚しなければならない年齢、というのを気にしている。大きな事件があったため、しばらく会えない日が続いていたので、瞳子は嬉しそうに笑っている。いつもなら瞳子と会うと、紫峰の心は騒いだ。だが今は、一度は結婚を考えていた瞳子を目の前にしているのに、かえって美佳を想像してしまう。瞳子と比べれば、美佳の見た目は平凡だ。大して美人ではないし、笑ったら目が細くなる。痩《や》せてもいないし、頬は丸くてふくよかだ。優しい笑顔と女らしい身体つきの美佳。二の腕を掴《つか》んだときの、ふわりとした感触は心地よかった。

今まで付き合ってきた女性とはまったく違う。それでも、キレイでスタイルもよく、自分を好きだと言ってくれる瞳子よりも、美佳が気になる。紫峰は食事が終わったところで、思い切って言った。

「話がある」

「なに？」

瞳子に、にこりと微笑まれ、紫峰は気が引けた。きっと期待しているのは、結婚の二文字だろう。

けれど、やはり美佳の顔がちらついて、今言わなければ、と決心する。

「君とは結婚を考えられない。だから、もう付き合えない。瞳子、ごめん」

お気に入りのレストランで、好きな食事を食べていた瞳子の顔が、一瞬にして曇った。期待していた言葉とは、まったく逆の言葉を聞いたのだから当然か。

「どうして、ミカ。私とのこと考えているって、そう言ったじゃない。私たち、もう付き合って二年よ？　年も一緒。もう、三十六なのに」

悲しそうな顔になっていくのを見て、紫峰は心が痛んだ。瞳子の言うとおり、二年も付き合ってきて、今さらこんなことを言い出すのは、誠実ではない。それでも、心変わりをしてしまった。本当に、たった数回会っただけの人に。

「考えていたけど、どうしても考えられなくなった。僕はこの前見合いした人と結婚したい。いや、すると決めた。瞳子、本当にすまない」

そう言うと、瞳子は紫峰を見て笑った。まるで呆れたような笑みだった。

「どんな人なの。私より美人？」

瞳子が、自分の容姿に自信を持っているのは知っている。紫峰もキレイだと思う。センスもよくて、仕事も順風満帆《じゅんぷうまんぱん》。そのすべてがにじみ出ていて、美しさに繋《つな》がっている。

「普通だ。瞳子と比べるなら顔立ちも平凡。僕より収入は多くて、しっかりした人。教養深くて、控えめな感じ。どうしてだかわからないけど、とても惹《ひ》かれている」

瞳子が少し声を出して笑う。顔を上げると、なにそれ、と笑うのをやめた。

「収入、ミカより多いなんて逆玉のつもり？　私より美人じゃないのに、それでも結婚するなんて、どう見てもお金目当てに見えるけど。ミカがそういう理由で人を選ぶなんて、思わなかった」

お金目当て、というところで紫峰はカチンときた。

美佳は控えめな人だ。紫峰の首にあるキスマークを見ても動揺せず、冷静に断りの返事をした。それに、とてもしっかりしていて、自立した仕事も持っている。美佳とのコミュニケーションの端々から、放っておいても一人で生きていけるような、そんな強ささえ感じた。別に自分を人生において必要とはしていない、と言われているようで寂しかったくらいだ。

それに決して、お金をちらつかせるとか、そういうことをするタイプでは。

「瞳子、僕のことは馬鹿にしてもいいけど、彼女を馬鹿にするな。収入が多いのは、彼女の努力の賜《たまもの》だ。二年間付き合った瞳子のことを大事に思っているから、面と向かって別れて欲しいと言おうと思った。もし慰謝料がほしいと言うなら、弁護士を通して請求してくれてかまわない」

瞳子の顔が歪み、涙が頬を濡らした。紫峰はそれを見て、いたたまれない気持ちになる。ズルズルと二年間も付き合って、ともに三十六歳。瞳子のことはきちんと考えていると、そう言ったのは紫峰だった。それを聞いて嬉しそうに笑った瞳子の顔を、今でも覚えている。

けれど、美佳に出会ってしまった。紫峰だって、美佳のような女性に惹《ひ》かれるとは思わなかった。付き合ってきたのは瞳子のような、洗練された外見の人ばかり。美佳は洗練された、という雰囲気ではない。けれど、どこかホッとする雰囲気と、柔らかそうなふくよかな身体に惹かれる。それになんと言っても、美佳を見ると心が騒いだ。

「訴えるなんて、格好悪いことするわけないでしょ？　馬鹿じゃないの？　私はキャリアなのよ」

テーブルの上に乱暴にナプキンを置き、瞳子は席を立つ。紫峰に歩み寄った瞳子に思い切り頬を張られた。乾いた音が響く。きっと瞳子の手も痛かっただろう。それくらい小気味いい音がした。もちろん二人は注目を浴びた。

「ここのお金はミカが払って。さよなら、ミカ。あなたと付き合ったの、間違いだった！」

さっていく瞳子の背中を見送って、紫峰は大きくため息をついた。だが、紫峰は同時にホッとしていた。これで美佳にうしろめたい思いもなく、結婚しようと言える。まだ出会って、一ヶ月半程度。そのわずかな時間が、瞳子と過ごしてきた二年に勝ってしまった。

テーブルの上の伝票をとると、紫峰も立ち上がる。さっさと支払いを済ませて、携帯電話を手にとった。

しばらくコール音が鳴って、美佳の女性らしいソプラノの声が耳に届く。瞳子に張られた頬はまだ痛かったが、それも忘れるくらい美佳の声を聞くとホッとした。

「美佳さん、紫峰です」

次に会ったら、結婚して欲しい、と紫峰は言うつもりだった。

「この前、見合いをしたレストランで、食事でもどうですか？」

最初に立ち戻って、出会いの場所から。

あなたと二人で生きていきたいと、伝えようと思った。

6

「僕と結婚してくれませんか？」

こんなにも緊張するとは思わなかった。たったこれだけの言葉を言うのに、食事が終わって三十分も費やした。

「……は？　あの……？」

食後のエスプレッソを飲んでいた美佳は、鳩《はと》が豆鉄砲を食らったような顔をして紫峰を見ている。そうして何度か瞬《まばた》きをして、エスプレッソのカップを置いた。

「どうしてですか？」

なぜとか、どうして、と聞かれるとは思っていなくて、即答できなかった。「考えさせて下さい」と言われたら「早めに返事をお願いします」と返すことと、あとは「考えられません」と言われたら「お願いです、考えてください」と返すことしか考えていなかった。

「君が好きだからに決まってるでしょう」

言った後で自分の言葉に赤面しそうだった。それを隠そうと、口元に手をあてて視線を逸《そ》らす。落ち着け、と自分に言い聞かせて、ひとつ大きく息を吐いて美佳を見ると、さっと目を逸らされた。ずっと自分の百面相を見られていたのか、と恥ずかしくなりながら、しばしの沈黙。

「私……、美人でもないし、スタイルもよくないですけど……三ケ嶋さんがいいと言うのなら」

いい、と言うのならなんだ？　その先が知りたくて紫峰は、食い入るように見つめて待った。ほんの数秒なのに、やけに長く感じた。

「お受けします」

美佳は紫峰を見つめて、きっぱり言った。その顔が少しだけ赤い気がして、思わず息を呑む。

紫峰は肩の力を抜き、大きく安堵《あんど》の息を吐いた。

「ありがとうございます。まさか、そんな風に言っていただけるとは思っていなくて……」

「それは、こっちの台詞《せりふ》です。こんなに嬉しい日はない」

紫峰が笑うと、今度こそ本当に赤くなって美佳は俯《うつむ》いた。

この人を幸せにしたい、と心から思った。

美佳にプロポーズを受けてもらった後は、早く美佳を手に入れたいという気持ちがより強くなった。彼女に結婚する意思があるのだと思うと、早く実現させたくて仕方なかった。

父と母に報告したら、息子の突然の言葉に、戸惑っていたが、よかった、と喜んでくれた。まずは結納の準備を整えなくちゃ、と母が言い、結婚するのは今年の末くらいだろう、と父が言った。けれど、紫峰は納得できなかった。早く美佳が欲しくて、一緒に暮らしたくて、何ヶ月も待てないと思った。

「今年の末なんて先すぎる。だったら、先に籍を入れたい。結納もしないし、結婚式は後でいい」

紫峰の言葉に、母が目を吊り上げる。

「馬鹿ね紫峰！　相手のお嬢さんは三人姉妹の末っ子でしょ？　きちんとしないと、先方に失礼よ。向こうのお母様は娘さんの結婚式を見たいはずだから」

それはわかるけれど。今手に入れないと、気が済まない。美佳が紫峰のことを好きで結婚するというわけではないのだから、早めに手を打ってしまいたかった。もしも美佳の前に他の男が現れて、気が変わってしまったら耐え切れない。

「結納も結婚式もしてもいいけど、早く。せめて夏には結婚したい」

紫峰の言い分に母はため息をついた。父は頷《うなず》きながら、まぁいいじゃないか、となだめる。

「いいじゃないか、じゃないわよ！　紫峰はあなたそっくり！　決めたら譲らないんだから。顔も性格も、どうしてここまで似たのよ」

これはいつも言われる台詞《せりふ》。うんざりしながら紫峰は足を組んだ。その態度はなによ！　と母に言われるが、紫峰も遠慮なく言い返した。

「だからなに？　父親なんだから、似るのはしょうがないだろ。あんまり怒ると、シワが増えて般《はん》若《にゃ》みたいな顔になる、怖い」

「なんですって⁉」

母が血相を変えて怒る。それをいさめるのはいつも父だ。まぁまぁ、と言って母を見る。すると母も落ち着きをとり戻し、大きくひとつ息を吐いた。それでもまだ、まったくもう、とぶつぶつ言ってはいるが。

「紫峰はやると決めたらやり遂げるだろう。これまで仕事ばかりだったのに、せっかく結婚すると言っているんだ。子供の希望をかなえるのも親の仕事。きちんと式をさせたいなら、私たちが探せばいい。美佳さんはいい人だ、そのお母さんもいい人だった。お前も知っているだろう？」

「それがわかっているから、失礼はしたくないの。いつもニコニコしていて、可愛い人だわ。紫峰が今まで紹介してくれた、骨っぽいお嬢さんよりも、私は好感が持てるし。それに、礼儀正しくて、頭もいい。だから紫峰、略式でもいいから結納は済ませるわよ。美佳さんに早く結婚したい、って言うのは伝えてるの？」

骨っぽいというところが気になったが、事実なので言い返さなかった。

「言ったよ。彼女は承諾《しょうだく》してくれたし、美和子《みわこ》さんも許してくれた」

美和子、というのは美佳の母の名前だ。美佳にプロポーズした日に、プロポーズの報告と、早く結婚したい旨を伝えた。美和子は、涙ながらに娘をよろしく、と言っていた。

「早いのね。そこまでお父さんと似てるなんて怖いわ。ＤＮＡかしら？」

「お母さんもスピード婚？」

「お母さんはお父さんと出会って二ヶ月後には結婚してたわ。プロポーズされて、その日にお母さんの両親に、結婚させてください、って挨拶に行くなんて言い出したから、初めは引いたけど」

美佳と出会ってから、まだ一ヶ月半。これからいろいろ準備に時間がかかるのだから、そんなに早くはないと思うが。

「引いたとか言って、結婚式のときは嬉しそうだったじゃないか。今さらなにを言ってるんだ」

「あれはウエディングドレスがよかったの。今年で夫婦も四十年目よ？　いいじゃない、細かいことは」

あーだ、こーだ、と言い合っている両親にうんざりして、紫峰は足を組み替えた。なんだかんだ言っても、この二人は仲がいい。今も名前で呼び合っているのだから。峰生さん、由紀《ゆき》、と呼び合う両親を、高校生の頃は気恥ずかしく思ったものだが。

「二人とも、喧嘩しないでくれるかな。これから結婚するのは僕なんだけど」

紫峰が言うと、そうね、と二人は冷静になった。ひとつ咳払いをして、峰生が紫峰に言う。

「紫峰、美佳さんは尊敬する刑事だった人のお嬢さんだ。しかも、一番可愛がっていた末の娘さん。早く結婚したいだろうが、略式でもいいから結納はしなさい。それと結婚式場は、なんとかするから」

別にしなくてもいいよ、と言おうとしたら今度は、母の由紀がそうね、と手を叩く。

「式場だったらきっと大丈夫よ。私のお茶友達に、ホテルの支配人の奥様がいるの。日程の無理を聞いてもらえるか問い合わせてみるわね」

母は一流ホテルに名を列《つら》ねるホテル名を口にした。そんな派手にしなくてもいい、と紫峰は心の中で思ったが、こういうことでは由紀は紫峰の言い分を聞いてくれない、というのをよく知っている。ここで口を挟むと、かえってややこしいことになるので、うんざりしながらも黙って聞いていた。

『結婚は家同士の問題だからなぁ』

これは弟の峰迅が結婚するとき、兄の峰隆が言った言葉。確か峰迅のときは、どこの式場でするか、ということで両家が少し揉めていた。由紀はホテルでしたがったが、先方は日本古来の神前式をしたがった。結局、当事者である峰迅の妻の望み通り神前式にするということで、事態は収まった。

「お父さん、僕の結婚式にも峰隆と峰迅のときみたいにお父さんの元部下とか呼ぶわけ?」

「当たり前だろう。今の警視総監は父さんの元部下だし、紫峰にとっても上司だ。急なことだから、来れない場合もあるだろうが、招待状は私の元部下すべてに送る。ああ、それから、美佳さんにこちらですべて進めていいか、聞いておきなさい。不快に思って、破談になったら大変だ」

断りを入れる前にすでに話を進めているじゃないか。どれだけたくさんの警察官のお歴々《れきれき》がくるのか、と考えただけでも気が重い。紫峰の直属の部下たちは緊張して頭を下げっぱなしだろう。峰隆と峰迅の結婚式だってそうだった。もしかしたら自分は警視庁のお偉方に顔を覚えられてはいないから、そういうことをスルーできるんじゃないかと少し思っていた。紫峰は兄弟《きょうだい》の中では影の薄い存在で、峰隆と峰迅を知る父の知人たちから、もう一人息子がいたのか、といつも言われるのだ。

それは気楽でいいと思っていたのだが、今回は否応なしに頭を下げることになりそうだった。

「それは言っておく。最後に改めて聞いてもいい？」

「なんだ？」

紫峰は峰生と由紀の方を向き、姿勢を正す。

「美佳さんと結婚する。超がつくほどスピード婚だけど、結婚していい？」

なるべく早く、と逸《はや》る気持ちでプロポーズした。美佳の気持ちが変わらないうちに結婚したい。自分の気持ちが熱いうちに、というのもある。見合いで知り合って付き合い、そして結婚が一年後や二年後だったら、いくら紫峰が美佳のことを好きでも、結婚の二文字が遠のく気がした。

好きだから、早く自分のものにしたい。瞳子のときのようにズルズルとした関係には、美佳とはなりたくなかった。

「いいわよ、そんな。好きな人に出会っても、その人とこんなに早く結婚したいと思えるなんて、そうそうないでしょう。よかったわ、紫峰。お母さん、本当に嬉しい」

父も同意して頷《うなず》いた。

紫峰もよかったと思う。美佳に出会わなければ、きっと瞳子と結婚していた。瞳子と結婚していたら、きっと仕事ですれ違い、いくら互いに思っていても、関係を続けるのが難しい状況に陥っていたかもしれないという気がする。

美佳も不規則な生活ではあるが、それはなぜかカバーできるような気がした。単に気がするだけかもしれないが、真実はこれから知っていけばいい。

「とにかく、結納からよ」

由紀が念を押す。

紫峰はうんざりしながらも、はいはい、と答えるしかなかった。

7

結納の日どりが決まったのは、それから約一週間後。ホテルの式場に運よく空きが見つかり、急遽《きゅうきょ》ひと月半後に結婚式をすることになったからだ。早く結婚したい、少なくとも夏までには、と自分が言い出したものの、きっと準備で冬くらいになるだろう、と思っていた。しかし、父と母の行動は速く、招待状からなにから紫峰と美佳があまり関わらなくても、やってくれた。

定年退職した警察官とその妻だから暇なのよ、と二人は言い合って準備を進め、美佳の母親はそれに恐縮しながらも前向きに協力してくれた。

そして結納を無事に済ませた。略式どころか、ほとんど結納金と婚約指輪を渡すだけで終わってしまった。通常は結婚の三ヶ月か半年前に行うらしいが、式場と日どりが決まってはそうも言っていられなくなり、プロポーズから三週間弱でここまできた。

「本当にすみません。こちらですべて進めさせていただいて」

紫峰の母、由紀が頭を下げた。

「いえ、本当にありがとうございます。私は一人ですから、結局三ヶ嶋さんに頼ることになってしまいました」

美佳の母、美和子も頭を下げる。紫峰はそれを見て確かにここまで速かった、と美和子に申し訳なく思う。それは美佳に対してもだった。

美佳はこの日のためにかなり無理をして、翻訳の仕事を上げたらしい。昨日は丸一日寝ていたらしいが、体調が心配だ。顔色が悪くないことを確認して、紫峰はホッとした。今日の美佳は、落ち着いた青色の付け下げの着物を着ている。やはりこれも彼女によく似合っている。

「どうぞ召し上がってください」

出されたのは寿司の盛り合わせで、由紀と峰生は頂きます、と言ってすぐに手をつけた。続いて紫峰もそれに手をつけたが、食事なんてどうでもよかった。美佳とは結納の日を伝えたとき以来、しばらく会っていなかった。紫峰の仕事が多忙だったのもあるが、なにより美佳が忙しかった。そんな経緯があって、紫峰はすぐにでも美佳と二人になりたかった。美佳を抱きたいと思っていた。こんなに積極的に誰かを抱きたいという気持ちになったのは初めてだ。

これまで美佳と会った回数は、たった四回。結納を迎えた今日で五回目。こんなにすぐに、よく結婚を承諾《しょうだく》してくれたと思う。目を細めて笑う美佳の顔を見ていると、その着物の下の身体へと想像が広がる。十代や二十代の若い男でもあるまいし、とは思うが、それでも柔らかそうな大きな胸の辺りを見ていると、触れたい気持ちが強くなる。

「三ヶ嶋さん、今日は渡したいものがあるんです。部屋にあるんですけど、あとで……」

「今でもいいですよ」

食事中に中座するのは失礼だと思う気持ちもあるが、すぐにでも美佳の部屋を見てみたかった。

「食事が終わってから」

にこりと笑った顔に制された気がして、紫峰は引き下がった。食事のあとでもいつでも見れる、そう思ったが内心はため息がとまらない。瞳子の部屋に初めて行ったときには、こんな思いは抱かなかったというのに。

食事が終わって席を立つと、美佳は二階にある自分の部屋へ案内してくれた。白と薄いピンクで統一された部屋だった。フリルとかそういう飾り物はなく、いたってシンプル。整理整頓ができた部屋だった。

「キレイにしている」

「三ヶ嶋さんがいらっしゃるから、昨日掃除したんですよ。これです」

渡されたのは細長い箱だった。包装紙に包まれたそれは、大方中身が想像できた。前にもこうやって同じようなものを何度かプレゼントされたことがある。

「ネクタイなんですけど、母と帯を買いに行ったときに買ったんです。シンプルな紺系が好みと聞いたので、ストライプのネクタイにしました。よければ使ってください」

思った通りの中身だが、素直に嬉しかった。初めて美佳から貰うものだからだろう。

「ありがとう。大切にします」

「いいえ。私の方こそこんなキレイな指輪と結納までして頂いて」

「急いで用意したので、普通の指輪だけど」

いえいえ、と手を振って美佳は左手を見た。ダイヤモンドが七粒並んだシンプルな指輪。美佳にはプレーンな形の指輪がいいと思った。シンプルすぎるかもしれないと思っていたが、本人が気に入ってくれているようなので、紫峰はホッとした。

「ありがとうございます、本当に」

美佳の、その豊かな頬が笑顔でふんわり丸くなる。紫峰が頬に思わず手をやってしまったのはしようがないこと。その頬は想像通り柔らかく、ふわりとしていた。その感触に誘われるように、食事で口紅が落ちた唇に、自分の唇を近づける。弾力のある唇に軽く触れて離し、もう一度食《は》むようにキスをした。

「ん……」

わずかに漏らした美佳の声が可愛らしかった。紫峰は手を胸へと移動させる。着物なので感触はさほどわからないが、それでも豊かで柔らかい感じは伝わってきた。

「あの、三ヶ嶋さん……」

「美佳さんを抱きたい」

ストレートに言うと、彼女の頬が赤くなる。

「でも、下に……、ご両親も」

「だったらあとで場所を移動する？」

赤い顔を上げて、美佳が紫峰を見ていた。その顔に煽《あお》られて、着物の中に手を入れる。着物の上からよりも、さらに柔らかい感触を得られた。

「ん……っ」

制止するように、小さい手が紫峰の手を掴《つか》む。

「結納が終わった。婚約指輪も渡した。美佳さんは僕と結婚するんでしょう？」

頷《うなず》くその顔が少しだけ目を伏《ふ》せる。紫峰は美佳を抱きしめて、帯の結び目に手をかけた。

こんなに強引で嫌われやしないかと思う気持ちと、抱きたいと思う気持ちがせめぎ合う。けれど、抱きたいと思う気持ちの方が断然強い。

「あの、下にいるご両親に変に思われるんじゃあ……」

美佳が緊張したように大きく息を吐き出すと、豊かな胸が上下した。

「嫌だったら、やめます。選んで」

強引だと思うが、嫌だったらやめても構わない。明後日は結婚式のドレスを決めることになっているが、紫峰はＶＩＰの警護が入っていて、一緒にいられない。しばらくまた、会えない日が続くのだ。

今、美佳を抱かなかったら、次に抱くのは結婚後になってしまうだろう。

美佳は紫峰から少し離れると、ドアを開けた。その動作で嫌だったのだろう、と紫峰は感じて髪をかき上げる。大きくため息をついて、帯の乱れたうしろ姿を眺《なが》める。わずかに帯が解《と》けているのに気づき、直してやろうと手をかけた。

「お母さん、お母さん！」

帯を直そうとして伸ばした紫峰の手が空を切る。足音が聞こえて、階下に誰かきたのがわかった。

「どうしたの、美佳」

「三ヶ嶋さんにアルバム見せているから。しばらくここにいるね」

「そう、わかった」

美佳はドアを閉めた。ドアの前に立ったまま、しばらくうしろを振り向かなかった。

紫峰は無言で乱れた帯を解《と》いた。衣擦《きぬず》れの音を立てながら、帯をすべて取りさって、その下の紐《ひも》もうしろから抜いた。お見合いの場で目を奪われた白いうなじに唇を寄せてそこを食《は》む。それから美佳の胸に触れて、合わせ目から手を入れる。

腰紐をすべて外したら、付け下げの着物の裾《すそ》が床につき、あとは袖《そで》を抜くだけになった。

「美佳さん」

紫峰は再度美佳のうなじに口づけて、肩から着物を床に落とした。襦袢《じゅばん》に手をかけたところで、美佳があの、と声を発した。

「姉が、この前きて」

小さな声だったので、紫峰は聞き返した。

「え？」

「この前、姉がきて、避妊のあれを置いて行ったから」

美佳が恥ずかしそうに言ったので、ああ、と思い当たる。これからすることに、確かに必要なものだ。美佳とはしばらく二人でいたいと思う。しばらくそういうことはしないという選択肢もあるが、とにかく美佳を抱きたかった。そんな逸《はや》る気持ちになっている自分が、紫峰はおかしかった。と同時に、気を遣わせてしまっていることをすまなくも思った。

それでも、抱きたい気持ちが抑えられない。

「どこに？」

「つ、机の引き出しの一番上」

パソコンが置いてある机には、引き出しが三段あった。美佳から離れて一番上を開けると、確かにそれらしい小さな箱が入っていた。少しはだけた襦袢姿の美佳がこちらを見ている。

「これ？」

美佳が恥ずかしそうに小さく頷《うなず》く。ドアの前に立ったままの美佳に近づき、その身体を抱き上げると、小さく驚いたような悲鳴が上がる。

「あの、重いですから」

「重くないよ」

シングルベッドに身体を横たえると、何度も瞬《まばた》きをして紫峰を見た。

「声、下に響く？」

紫峰はネクタイに手をかけながら、美佳の身体の上に膝《ひざ》立ちでまたがる。

「多少は」

「わかった」

小さな箱を枕の横において、ジャケットを脱いだ。シワにならないよう床に置いて、スラックスのベルトを緩めてシャツを引っぱり出す。そして、美佳の襦袢《じゅばん》の合わせ目を開き、胸に顔を埋めた。

「あっ……」

小さな声を出して、美佳は顔を背ける。首筋に唇を落とすと、今度は大きく息を呑む音が聞こえた。紫峰は下着のホックを外して柔らかい乳房に唇を寄せる。身体を少しだけ弓なりに反らし、美佳はこらえるように唇を噛《か》んだ。

はだけた襦袢と肌の白さ。仕草もとても扇情的《せんじょうてき》で、紫峰をますます興奮させた。

「三ヶ嶋さん？」

淡い色の唇をキスでふさぎ、紫峰はやや強く、けれども優しく美佳の身体を愛撫した。

こんなに興奮したのは、初めてかもしれない。

ベルトとネクタイを締《し》めてジャケットを着ると、何事もなかったかのように見える。シャツの腕部分にできてしまったシワはジャケットで隠れるし、幸いなことにジャケットにはシワが寄っていなかった。

紫峰に背を向けて、ベッドで横になっている美佳は、襦袢だけは身につけているものの肩から背にかけて大きくはだけている。そんな美佳の姿を見ていると、もう一度その上にのりたい気分になった。ベッドに座り、紫峰が肩まで毛布をかけてやると、美佳は少しだけ肩をすくめる。

「ごめんなさい」

「なにが？」

それ以上なにも言わない美佳の頭を撫でた。きちんと結い上げてあった髪の毛が、少し乱れている。美佳は紫峰がかけた毛布をさらに頭まで被《かぶ》って、身体を丸くする。

「私、太ってるし」

太っている、という言葉に、紫峰は思わず苦笑した。丁度いい。ふわりとしていて抱き心地がよかった。

「太ってないよ」

紫峰が言うと、また毛布を引っ張り上げる。その仕草が本当に可愛いと思う。思えば初めて寝たあとで、こうやって恥らいを見せる女性はいなかった。その仕草が余計に紫峰を煽《あお》っていることになど、美佳は気づいてないだろう。

「一昨日の疲れが出て、眠ってしまったことにしておこうか？」

美佳の腕のあたりを撫でて言うと、布団の中で頷《うなず》いた。美佳の部屋にきて、一時間が経過している。性急に愛し合って、心地いいのは束の間だった。紫峰はもっと美佳を感じていたかった。

「美佳ぁー、紫峰さん」

階下から呼ぶ声が聞こえて、美佳が驚いて起き上がる。紫峰を見て、慌てて毛布を引き上げた。

その唇に軽くキスをして、紫峰はにこりと笑う。

「すごくよかった。ありがとう」

美佳が赤い顔をして首を振る。その頭を撫でて、紫峰は部屋を出た。

「あら、紫峰さん。美佳は……？」

美佳の母、美和子が不思議そうな顔をしている。

「話しているうちに、眠くなったみたいで、寝ています」

まぁ、と驚く美和子に、紫峰はわざと苦笑した。

「すみませんね、紫峰さん」

「いえ、疲れていたんでしょうから。大変だったんでしょう、原稿」

そうなんですよね、と美和子も苦笑する。

階段を降りてリビングに行くと、少し顔の赤い峰生がいた。帰りは自分が運転するのだなと思いながら、食事のときに座っていた椅子に座る。

「紫峰、帰りは運転頼む」

「わかった」

父に笑顔で返して、母を見るとこちらも顔が赤かった。二人ともお酒が好きだから仕方ない。紫峰は美和子が湯飲みに注いでくれたお茶を受けとる。

「ありがとうございます」

「いいえ。本当に美佳、寝ちゃってすみませんね」

苦笑する美和子に少しだけうしろめたい気持ちになった。

まさか娘さんとエロいことをしてました、とは言えない。けれど、思い出すと心地よい美佳の内部を思い出して、動悸《どうき》がした。

「紫峰、飲んでないくせに、少し顔が赤くない？」

母に指摘されて、そうかな、と返す。赤くてもおかしくはなかった。それなりのことをしたのだから。


それからひと月以上、美佳と会えない日々が続いた。

久々に会ったのは結婚式当日。衣装選びに付き合えなかった紫峰は、白いドレスに身を包んだ美佳に、思わず顔が綻《ほころ》んだ。と同時に、少し痩《や》せていることにも気づいて、痩せることはなかったのに、と心の中で少し残念に思う。

そこで聞いたのは結納の日のこと。思わず肩をすくめた。

「結納の日、二人でなにをしていたか、母にバレてしまって」

紫峰たちが帰ったあと、美佳はやはり疲れていたらしく、そのまま寝ていたらしい。そこへ美和子が入ってきて、はだけた襦袢《じゅばん》姿で寝ている姿を見られてしまったらしい。

「……やばいな。怒られた？」

「冷たく怒られた。婚約したんだから、まぁいいけど、って言われた」

よくよく聞いてみると、しばらくは冷くされたらしいが、逆に安心もしていたらしい。互いに好きで結婚するのだとわかったから。

「今時の若者は、とか言われた？」

「言われた」

美佳が苦笑するのを見て、紫峰もつられる。

「ごめん、美佳」

ううん、と首を振って、そして美佳が紫峰の手を握る。

「私たち、今時の若者だし」

美佳の手を握り返して、互いに笑う。

美佳はきっと自分の年齢を気にして結婚を決めたんだと思う。だが、嫌いなら身体を許したりしないし、こうやって笑いかけたり、まして結婚なんてしないだろう。

紫峰はそれでよかった。美佳が笑って隣にいれば、きっと幸せになれると確信している。恋する気持ちはあとからでもついてくるから、と。

これはきっと運命だと、そう思って紫峰は美佳と神の前で永遠を誓った。

君が好きだから結婚したんだ、と美佳に言い続ける日々が始まりを告げた。

8

最後の客役が茶碗を置き、それを見て美佳は少しだけ息を吐いた。

「おしまいをどうぞ」

「おしまいいたします」

おしまい、と言われる片づけのようなものは、茶会の最後にやることだ。茶菓子を食べて、最後に音を立てて茶を飲み切る。美佳は名取《なとり》なので、たまにこうして教室で教えている。最近はまったく教室に顔を出していなかったので、今日は久しぶりの訪問だった。

茶道教室にくると気持ちが落ち着くし、集中力も上がるような気がする。

おしまいが終わって、片づけも終わり、たすきがけの紐《ひも》を解《と》いて、着物の袖《そで》を直した。

「美佳さん、お久しぶりね。最近まったくいらしてなかったから。結婚したからかしら」

こちらも茶道の名取の三河《みかわ》。壮年の上品な女性で、いつも講師として茶道を教えている。自身は社長夫人という身分だ。

「いえ、先生。いろいろ仕事が忙しくて。少し落ち着いたので、またときどき顔を出します」

そう？　と首を傾げた相手は、上品に笑う。

「けれど、旦那様は警察の方だったわよね？　忙しい方の奥様なのに、出てきていいの？　私の主人は忙しくないから、こうやって好きなことをさせてもらっているけれど」

そう言われると、美佳は戸惑うが、紫峰に言えば、きっと行ってきなさい、と答えが返ってくるだろう。今日も久しぶりに行こうと思う、と言ったら気をつけて、とだけ言われて仕事に出かけて行った。いつもの行ってきますキスは忘れずに。

「そうですよね。夫に聞いてから出てきます」

そうね、と言われて、世間の奥様というものはこういうものなのだろうと思う。かといって美佳は専業主婦ではないし、自分の行動に対する許可を夫からもらわなければならないという感覚になんだか馴染めない。普段は小説を書いたりコラムを書いたり、翻訳の仕事を細々としている。紫峰とすれ違うことも多々あるが、仕事をやめようとは思わないし、やめなさいとも言われない。

帰り道、今日三河に言われたことを思い出して、紫峰のサポートをしていくには、やはりこうやって外に出ていくことも少し控えた方がいいのかなと、ぼんやり考えながら空を見上げた。

「だいぶ涼しくなったなぁ」

季節はもうすぐ十月。紫峰と結婚してもう三ヶ月近く経つ。

『美佳さん、子どもはまだかしら？』

紫峰の母、由紀に言われたこと。結婚していれば、当然の成り行きで子どもはできるだろう。けれど、紫峰は美佳に言ったのだ、もう少し二人でいたいと。美佳もそれに賛成した。

もう二十九歳で、あまりのんびりし過ぎると高齢出産になる年齢。けれど、そういう気持ちを多分にわかっていながら紫峰は結婚してくれたはず。子供はもう少し先でいいと切り出したのは紫峰だけど、美佳だって紫峰と二人でいたいと思っていた。

「二人で、ね」

今までの恋はなんだったのだろうと思うほど、紫峰に惹《ひ》かれている。けれど、その気持ちでも負けてしまうくらい紫峰は美佳のことを好きだ、と言ってくれる。そんな風に言われるような容姿でもなく、普通のそこら辺にいるような女なのに、どう見てもモテそうな紫峰がどうしてこんなに好いてくれるのか。嬉しい半面、ちょっと気が引ける。

今のところの問題は、子どもはまだか、と周りに言われることくらいで、夫婦喧嘩はまったくしない。

平和に暮らしているけれど、なんだか不思議な感覚だと思いながら、美佳は少しきつい帯を叩いた。

夕方、紫峰から電話があった。この時間に電話がかかってくるのは珍しい。

『美佳？　ああ、今日はなにもない日？』

「どうしたの？」

『松方が、美佳の料理を食べたいって言って聞かないから、うちに連れて行ってもいいかな？』

その電話の向こうから松方の、美佳ちゃんよろしくー、という声が聞こえる。今日は二人とも早めに帰れるらしい。紫峰の申し出に、美佳はかなり焦《あせ》った。

「紫峰さん、たいしたものないよ？　それに掃除、二日くらいしてない！」

三日前原稿を上げたばかりで、家の中は雑然としている。きっと床にはホコリがたまっているだろう。

『じゃあ、松方には遅くきてもらう。十九時半くらいでいい？』

十九時半、ということは、タイムリミットは一時間半。

「な、なんとか」

『僕も早く帰るから』

「紫峰さんもゆっくりしてきて。私、掃除とかしてるから。ね？」

『掃除？　それは僕がするよ、……って松方うるさい。掃除くらいしてるさ』

夫に掃除をさせる、ということを同僚に知られてしまった。美佳は慌てて、いいよ、しないで！と言うが、はいはい、と言って電話を切られる。

「どんな悪妻だよ。紫峰さん部下の人に、突っ込まれてたし」

自分に突っ込みを入れながら反省した。とにかく、買い物しておかなければ、と美佳は財布を持って家を出た。ゆっくり帰ってきたら、家に着いたのは十七時を過ぎていた。現在の時刻はもう少しで十八時。紫峰が帰ってくるのに二十分もかからない。自宅の最寄駅まで徒歩三分、そこから電車で五分。そして駅から警視庁まで徒歩五分。

「なににしよう。松方さんって、刺身好きだったっけ？　っていうか、今日はもう煮物作ってあるし。あ、お酒。かなり飲むよね、あの人。ビールないから、買ってこないと」

美佳はブツブツ言いながら近くのスーパーに走った。

スーパーに着くと、周囲の視線がやけに気になる。そうだったと、留袖《とめそで》姿の自分を思い出す。今日はもう外に出ないだろうと思って、そのまま炊事をしていた。足下は草履だし、肩にはたすきがけにした紐《ひも》をつけたまま。どこの奥様だ、と思われているかもしれない。

紫峰は着物姿が好きなので、これで出迎えようと思ったのが間違いだったのか……

「さっさと買って帰ろう」

一番美味しそうな刺身と、六本入りのビールを二つかごに入れる。

「あとは、……あ、肉料理がない」

すりおろした生姜《しょうが》を、冷凍していたのを思い出す。豚肉の生姜焼きにしようと美佳は思いついた。献立が支離滅裂だ、と思いながらも会計を済ませ、スーパーをあとにする。時間は十八時半をまわっている。

鍵を開けて家の中に入ると、すでに紫峰の靴があった。掃除機の音が聞こえて、急いでリビングのドアを開ける。

「おかえり、美佳」

にこりと笑う紫峰の手には掃除機があった。ちょうどかけ終わったところだったのか、スイッチを切っている。すでにスーツからチノパンと黒のシャツに着替えていた。そして周りを見れば、どこもかしこも片づけられていて、美佳はガックリする。

「私がするのに……」

「掃除くらいいい。美佳だって仕事してるだろ」

今日は仕事ではなく、趣味の時間だった。本当なら、きちんと掃除をして食事を作って、そして夫を迎えるつもりだった。

「……やっぱり今日、行くんじゃなかった……」

そう呟《つぶや》くと、紫峰はなにも言わずに美佳を見る。その横を通り過ぎて、美佳は買い物袋を台所に置き、少しだけ乱れた着物を直す。たすきがけの紐《ひも》をもう一度結び直し、冷凍庫を開けて生姜《しょうが》を手にした。

「美佳、僕は一人暮らしが長いし、掃除だって洗濯だってできる」

冷蔵庫を探る美佳に、掃除機を片づけながら紫峰が言った。それは確かによくわかる。洗濯も上手だし、どちらかといえば紫峰のほうが片づけ上手だ。けれど、美佳よりも、紫峰のほうが忙しいと思う。美佳は不規則な仕事だけれど、書いてしまえば終わり。多少の語学力はいるけれど、好きな仕事なので気楽なものだ。

「茶道は行けるときにはどんどん行けばいい。僕は美佳の着物姿が好きだ」

それは知ってるけれど、それとこれとは話が違う。

「だって私、同僚の人の前で掃除を頼むような悪妻だし」

結婚してまだたった三ヶ月。紫峰と出会ってからだって一年も経っていない。

互いに知らないところが多いはずなのに、紫峰はそれでも構わないという調子で、美佳に好きだと言う。美佳も結婚してからはとくに、紫峰に強く心惹《ひ》かれている。

「掃除は別に気にしないで。離婚前の松方だって、ああは言っていたけどかなり家事をしていたんだ。美佳は教養深いし、料理も上手。お茶もお花も名取《なとり》だろう？　十分良妻だと思うけど」

紫峰を見上げて思うのは、褒め上手だということ。美佳の心をこんなにも簡単に浮上させてくれるのだから、紫峰はすごい。

「美佳、僕は掃除が好きだから、気にしないで美味しい料理を作ってくれる？」

紫峰はにこりと笑って、そしてリビングの方へ行ってしまう。そこまで言ってくれるのなら、と美佳は紫峰に片づけを任せることにした。

「紫峰さん、ありがとう」

美佳の言葉に振り向いて、紫峰は首を振った。

「いいえ」

職業は少し特殊だが、美佳は本当に普通の平凡な女だ。結婚したら甘い雰囲気だとか、優しい旦那様と過ごすことに、確かに憧れていたけれど。まさか自分の憧れ通りになるとは思わなかった。紫峰のような素敵な人が、自分の夫になるなんて思ってもいなかった。

紫峰への思いを深めながら、美佳は豚の生姜《しょうが》焼きにとり掛かった。作り置きのすりおろした生姜があったので、すぐに料理は完成した。皿に盛りつけていると、インターホンが鳴る。美佳が手を拭きながら出ようとすると、紫峰に手で制されて笑みを向けられた。

「美佳、出るからいいよ」

紫峰が言ってくれたので、急いで皿に料理を盛りつけてテーブルに並べる。松方の声が聞こえてきたところで、最後の刺身を並べ終えた。ひと安心して来客を待っていると、玄関の方から松方の声に混じって女性の声が聞こえる。

「松方、どういうことだ?」

紫峰の少しばかり尖《とが》った声が聞こえて、美佳は廊下を覗《のぞ》く。廊下からでは様子が見えなかったので、玄関に向かった。

「やぁ、美佳ちゃん」

大きな身体に犬のような目をした松方が、美佳に笑いかけた。そのうしろには背の高いキレイな女性がいる。ミディアムヘアで、わずかにウェーブがかかった柔らかそうな髪の毛。染めているのだろう、黒色よりやや赤みがかった茶色だった。

「こんばんは、今日は急に来てすみません」

しっかりした話し方の人だ。キャリアウーマン風にパンツスーツを着こなすその人は、美佳に頭を下げて、にこりと笑いかける。

「あ、いいえ。どうぞ、上がってください」

美佳が上がるよう勧《すす》めると、紫峰は不機嫌そうに息を吐いて、さっさとリビングへ向かって行く。美佳は首をかしげて、松方とその女性にスリッパを出す。リビングへ案内すると、すでに紫峰は椅子に座っていた。

「美味しそう。これ、みんな作ったんですか？」

キレイな顔がほころぶ。思わず見とれるくらい美しい。美佳とは真逆な細身の長身で、おまけにグラマラス。スタイルのいい女性を前に、自分もこうなれたら、と美佳は思う。

こういう人だったら、紫峰の隣にいても似合いそうだ、と。

「座ってください」

二人が席に着いたのを確認すると、美佳はご飯をよそって、まずは二人の前に置いた。そして紫峰の前に茶碗を置いて、自分の茶碗も置き、座る。

「えっと、松方さん、この方は？」

丁寧に美佳が聞くと、松方が答えるより先に女性が自己紹介する。

「中村瞳子です。初めまして、美佳さん」

名前の響きに覚えがあった。

「……ナカムラトウコさん」

思わず松方の顔を見ると、彼の表情が強張った。

「ミカと松方とは同じ時期に警察学校に入ったの。ミカは、あ、美佳さんもミカだった」

苦笑するような、はにかむような笑顔が可愛い。

「私、三ヶ嶋のことミカって呼んでたの。松方は警察学校からの同期だけど、ミカは大学時代からの付き合いで、一緒の学部だったの」

「東京大学の法学部、ですか？」

「そう。この仕事に就いてからは、ちょっと疎遠《そえん》になっていたけれど、三年くらい前にサークルの同窓会で、運命的な再会をしたの」

鮮やかに塗られたローズの唇が笑った。

「サークルの同窓会？」

「そう。大学で同じサークルだったの。在学中はただのサークル仲間だったけど、卒業して十年以上経って再会して。それがきっかけで付き合ったの。……美佳さんと結婚する直前くらいまで」

美佳を見てもう一度笑って唇を開く。

「数ヶ月くらい、付き合ってる時期がかぶってたと思うわ、私と美佳さん」

「松方、美佳に瞳子のこと話していたのか？」

美佳の反応でわかったのだろうか。紫峰は的確に松方に探りを入れる。やや低く咎《とが》めるような声で紫峰が言うと、松方が目を泳がせて、うんまぁ、と言った。

中村瞳子という人の話を聞いたのは結婚式当日。なんとなく気になって、きっと知っているだろう松方に美佳が聞いたのだ。見合いの日、紫峰にキスマークをつけたのは誰だろう、と気になっていたから。そうして知ったのは、美佳と見合いをしたときに、付き合っている恋人がいたということ。そしてその彼女と結婚を考えていたということ。瞳子と別れてまで結婚するんだから、美佳のことがよほど好きなのだ、と松方は言った。だがその日、白いドレスに身を包んだ美佳はどこか気持ちが晴れなかった思い出がある。

「それで、今日連れて来たわけは？」

硬い声で紫峰が言う。美佳は紫峰に微笑んでみたが、彼は笑い返してくれなかった。

「さっきたまたま会って、三ヶ嶋の家に行く、って言ったら一緒に行きたいって聞かないからさ」

ははっ、と笑ってご飯をかき込む。きっと楽しい食事会になるはずだったのに、今は少し険悪ムードだ。

「あの、ビール買ってきてます。飲むでしょ？　松方さん、紫峰さんも。あ、中村さんもお好きですか？　ビール」

美佳が笑って尋ねると、瞳子も少し硬い表情で笑って、返事をした。

「頂くわ」

美佳は瞳子の目の前に缶ビールを置いた。缶ビールを前に、目を瞬《しばた》かせてなにかを待つ瞳子を見て、ふと気づく。

「あ、コップお使いになります？」

瞳子は少しだけ笑い、松方は横から声をかけてきた。

「俺はいいよ、美佳ちゃん」

美佳が松方の前に缶ビールを置くと、そのままプルトップを起こして飲みだした。紫峰の前にも同じように缶ビールを置いて、美佳も自分のビールを開ける。瞳子はそれを見て、自分のビールのプルトップに手をかける。しかし上手く開けることができず、カチンカチンと音を立てている。

「美佳、コップ持ってきてやって」

紫峰がそう言って、瞳子のビールのプルトップを開ける。それを見て、美佳は言われたとおりに、立ち上がってコップを取りに行く。瞳子の前に置くと、紫峰がそれにビールを注いだ。まるで、わかっている、という感じでそういうことをする紫峰に、美佳は少しだけ腹が立った。けれど、相手は美佳よりも付き合いが長く、恋人だった人。今は美佳が妻だが、瞳子だって今も彼の近しい人に違いない。情とか、そういうものがあって当たり前だ、と割り切った。

「ありがとう、ミカ」

嬉しそうににこりと笑った瞳子は、紫峰にまだ恋をしているようだった。紫峰を見る表情が違う。

妻の美佳なんて、目に入らないというくらい。

「……それで？　なんでここにきたかったんだ？」

「わかるでしょ」

「わかりたくないな」

紫峰の言葉に答えることなく、コップのビールを一気に飲み干すと、瞳子はにこりと笑った。

「すごいのね、ミカの奥様。いつも着物を着ているわけ？」

美佳を見て意味深に笑う。どこか自分が蔑《さげす》まれているような感じを受けた。

瞳子は紫峰の元恋人。美佳と会う前日にも会っていた人で、紫峰の首にキスマークを残した。見合いの席でそういうものを見せられて、紫峰は美佳との話を断る気満々だと思った。そのつもりで話をしていたし、美佳はそれでもよかった。紫峰は素敵な人だから、誰か隣にいてもおかしくはないと思えたから。けれど予想に反して、紫峰は美佳に結婚して欲しいと言ってくれた。紫峰はしっかりした人だと美佳は思っている。だから、美佳と結婚すると決めたときには、きっとどっちつかずな態度はとっていなかっただろう。

瞳子はいきなり別れを告げられたのかもしれない。美佳と紫峰が結婚するまでの期間はたった四ヶ月程度。デートを重ねた期間は一ヶ月半程で、残りの一ヶ月半は結婚式のためにほとんどの時間を費やした。もし、美佳と紫峰が出会わなかったら、きっと紫峰は瞳子と結婚していただろう。

「いいえ、いつもは……。今日はお茶を習いに行ったので」

「着替えればよかったのに」

そんな風に返されるとは思わなかったが、美佳はにこりと笑った。

「ちょっと、時間がなくて」

美佳は笑っているが、瞳子は笑っていない。それに気づいて、思わず笑いを引っ込めると、今度は瞳子がにこりと笑った。

「料理も美味しいし、お茶を習いに行ったりと、すごくいい奥様なのね。私じゃきっとこうはいかなかった……。ねぇミカ、本当にこの人のことを好きで結婚したの？　普通の人だわ。ミカが今まで付き合った人と、全然違う。ミカが付き合う人は向上心も強くて、自分に自信を持っていて、それにスタイルのいい人。着物なんて絶対着ないような、そんな人ばかりだったのに」

美佳は瞳子の言うことを黙って聞いた。確かにそうかもしれないが、美佳と紫峰は結婚した。瞳子に悪口を言われる筋合いはないが、美佳は苦笑するしかなかった。

「美佳さん、ミカと結婚したの、あとがないからとか言わないわよね？　二十九歳なんでしょう？　結婚を焦《あせ》る年齢だし、急いで結婚した辺り、あやしいんだけど」

美佳は少しだけため息をついた。当初はそういう理由もあった。けれど今は、きちんと紫峰を愛している。紫峰が笑いかけてくれるだけで嬉しい。同じベッドで寝るのはまだ慣れなくて、毎晩ドキドキする。おまけに紫峰は容姿がいいので、近くに顔を寄せられると、どうしていいかわからない。身体を求められたときには、見とれてしまってなにも言えなくなるほどだ。

瞳子の言っていることを否定できなくて、美佳はなにも答えられない。確かに瞳子の言ったことはほとんど当たっている。だから顔が上げられない。そうやってうつむいていると、紫峰が隣にいる美佳の手を握る。少しだけ顔を上げて紫峰を見ると、紫峰は瞳子を見据えていた。

「いい加減にしろ、瞳子。今日は、美佳の料理を食べにきたんだろう？　美佳を侮辱《ぶじょく》するなと、前に言った。瞳子を選ばなかったのは僕だ。文句があるなら、今度聞く。今日はやめろ、いいな？」

紫峰が少し硬い声で瞳子に言う。いつもの穏やかな口調とは違っていた。

「俺も、美佳ちゃんを見るだけだって言ったから、連れてきたんだ。三ケ嶋が美佳ちゃんのことを本当に好きだっていうのは、俺から見てもわかる。お前、過去なんだよ、中村」

松方と紫峰に言われて瞳子の顔が歪んだ。そんな姿は、人間味が感じられて、なんだか可愛かった。瞳子は立ち上がってバッグを持ち、玄関へ向かう。美佳も立ち上がって、そのうしろ姿を追った。

「美佳！　追うな」

紫峰は言ったけれど、美佳は追うのをやめられなかった。靴を履いて飛び出そうとしているところで、美佳も急いで草履を履いた。マンションのエレベーターの前で、瞳子は必死にボタンを押していたがエレベーターがなかなかこない。

「もう、なんでこないのよ！」

拳でボタンをたたいている瞳子の目から涙がポロリとこぼれる。しばらくするとエレベーターが着いて、瞳子はそれに乗った。美佳も慌てて乗り込み、狭い箱の中で二人きりになる。

「なんできたの？」

「泣いてたから、ちょっと」

「同情されたくないけど。あなたの勝ちだもん、ミカの奥さんになったんだから」

ほろほろと涙を流す瞳子を見て、美佳は思わず言った。

「メルアド教えてください。えっと、私はほとんどパソコンでメールを返すんですけど。あ、でもメモとか持ってない……」

何故こんな言葉が出たのか、と美佳は自分で突っ込みを入れたが、それでも瞳子を前にして、そう言わずにはいられなかった。瞳子は美佳のことを憎んでもいい。けれど、瞳子は美佳に対してそんな素振りをこれまで一度も見せなかった。今日のことは突発的なことで、きっと心底憎んではいないんじゃないかと思った。

美佳の言葉を聞いて、瞳子は一瞬睨《にら》んだが、やがてバッグの中を探ってメモ帳を出す。それにボールペンで書きつけて、美佳にメモを渡した。一階に着いたところで、瞳子はさっさとエレベーターを出る。

「必ずメールします！」

美佳が言うと、瞳子が振り返る。

「あなたって、変だわ。ミカも馬鹿」

ヒールの音がカツカツと聞こえて、すぐ側の角を曲がっていく。美佳はそれを見送って、エレベーターに乗ろうとした。美佳と紫峰が住んでいるのは十階で、そこからエレベーターが降りてくる。それに乗って降りてきたのは、松方だった。松方は美佳を見ると、ごめんね、と言った。

「美佳ちゃん、気を悪くしただろう？」

「大丈夫。もう帰るの？　松方さん」

「うん。美味しい料理も食えたしね。三ヶ嶋が許してくれれば、またくるよ」

苦笑して言ったのを、美佳も苦笑で返す。

「いつでもきていいからって言うように、紫峰さんに言っておきます」

「助かる」

大きな身体が肩をすくめて、じゃあ、と手を振った。美佳も頭を下げて手を振る。そのままエレベーターに乗って、十階を押した。紫峰はいったいどうしているだろう。

紫峰は滅多に怒らない。いつもは怒っても静かに怒り、決して感情的にならない。すぐに十階について、美佳はエレベーターを降りた。部屋のドアを開けると、肩の力がガクッと抜けた。リビングには紫峰がいて、一人でビールを飲んでいた。美佳はなにも言わずに、向かいの席に座る。自分のビールを手にとって、美佳もそれを口に含んだ。

「追うな、って言った」

紫峰に尖《とが》った声を向けられるのは初めてだった。

「ごめんなさい」

美佳は頭を下げた。

「どうしてなにも言い返さない？」

「事実、だから」

紫峰は大きくため息をついて、美佳を見る。手にしていたビールを奪って、紫峰は自分の前に置いた。

「美佳はどうして僕と結婚した？」

それはいつも美佳が紫峰に聞いている言葉。君が好きだから結婚したんだと、いつも即答される。どれだけ愛されヒロインなんだと思うくらいの扱いを受けている。

美佳だって同じ気持ちだった。だからいつも紫峰から言われる言葉を、美佳も同じように口にした。

「紫峰さんが好きだからに決まってる」

美佳が言うと、紫峰は少しだけ声を出して笑った。

テーブルを挟んで紫峰の長い手が、美佳のたすきがけをしている紐《ひも》を解《と》いた。落ちてきた着物の袖《そで》をぐいと強引に引っ張られる。身体を寄せられて、紫峰の顔が近づいてきて美佳の唇にキスをした。

「僕が好きだから結婚したんだったら、二十九歳であとがないから結婚した、というのは事実じゃない。これからは誰になにを言われても、僕を好きだから結婚したんだと、そう言って。わかった？」

袖を離されて、美佳は椅子に座る。少し間を置いて頷《うなず》くと、紫峰が満足したように笑う。

この満足した顔を曇らせたくなかった。

「瞳子とは二年付き合って、ある程度なんでも知る仲になった。美佳とはまだ三ヶ月の付き合いだけど、これから一生付き合いたい。僕は、美佳との未来を生きたいから」

紫峰がそんなことを言ってくれるとは思わなかった。

未来を生きたいと言う言葉に、美佳の心が満たされる。どうしてこの人はこんなことを言ってくれるのだろう。美佳の心にはまだ曖昧な部分もあるけれど、ひとつだけ決めていることがある。絶対に離婚なんかしない、一生紫峰と寄り添って生きていこう、と。

「ありがとう。私も紫峰さんとは一生付き合いたいと思ってる」

笑みを浮かべて見上げると、紫峰も同じように笑っている。

いい人と結婚した、とつくづく思う。誰もがこんな幸福な結婚ができるわけではないだろう。出会ってたった数ヶ月で結婚して、結婚してもすれ違いの日々だけれど、こんなに心が満たされる。結婚して美佳の名前はどうにも語呂が良い名前になったけれど、それも素晴らしく思える。みんなに自慢したいくらいだ。

「紫峰さん、お風呂は?」

入りますか? と聞いて、それが暗《あん》に誘っているのだということに紫峰は気づいてくれた。

「あとで」

「じゃあ私、着物着て汗かいてるから、先に入ってきます」

美佳がそう言って立ちあがろうとすると、紫峰が美佳の手をとった。

「それを脱がしたいから、風呂はあと。いいね？」

テーブル越しに手を握られたまま、紫峰は席を立って美佳の側に来た。その手に引かれるまま立ち上がると、紫峰は美佳に笑みを向ける。次の瞬間、キレイにベッドメイクなんかする暇はなかったことを思い出す。軽く整えただけのベッドからは生活の匂いがする。こんなことなら洗濯しておけばよかった、と思いながら紫峰の手が美佳の帯にかかるのを受け入れた。食事は残したままだし、洗いものも放ったらかしだ。片づけはまあ明日しよう。

紫峰と向かい合ったまま、美佳の着物の帯が解《と》かれると、一気に解放されたような気分になる。

「美佳の着物を脱がすのはこれで二度目」

思わず笑って、そうだったと思い出す。

顎《あご》に手を添えて上を向かされると、しっとりとした唇が重なる。

ゆっくり、けれど自分のひとつ残らずすべてを求められているように感じる紫峰との行為。

ベッドに横にされると、いつものように胸が高鳴って痛いくらいだった。

紫峰の名を呼び、自分を抱きしめる紫峰の身体に腕をまわした。

9

紫峰から見た美佳の身体は、女らしくて可愛いと思う。松方がいつも美佳の胸をデカイと言うが、実際に美佳の胸はかなり豊かだ。結婚して、いや結婚前から少しずつ痩《や》せはじめていたが、それでも胸の大きさは変わらない。本人は垂れているから、と気にしているけれど、そんなことはないと思う。キレイな形をしているし、さわり心地がいい。とくに顔を埋めると、安心する。

もう少し強く抱きたいと思う気持ちもあるが、紫峰は美佳に酷《ひど》いことはできないし、痛い思いもさせたくない。少しもどかしさは感じるが仕方ない。

「前に、私の胸って風俗の女みたいって言われたことあるんだ」

一度抱き合って、息を整える小休止の時間。紫峰は美佳の胸から顔を上げたが、すぐにそこへ顔を埋める。背を抱き寄せると、さらに深く美佳の胸の谷間に顔が埋まる。

「それで？」

誰が、と言いたいところだったが我慢する。こうやって美佳の胸に顔を埋めた別の男に、小さな嫉妬をしながら。

「紫峰さんもそう思う？」

「風俗に行ったことがあるって前提？」

紫峰が苦笑して言うと、そういうわけじゃないけど、と美佳は言葉を濁す。

「男の人って、一度は行ったことがあるって、どこかで聞いたことあるし」

美佳の胸に触れて軽く上下させると美佳は、あ、という可愛い声を上げた。

「僕も例に漏れず、って？」

胸から顔を上げて美佳の顔を見る。視線を合わせたまま背中を撫で上げて、手を首筋へ移動させた。

「残念ながら、行ったことがないから比べようがない」

「本当に？」

「本当。松方は行ったことがあるらしい。多分今もお世話になってるんじゃないか？」

離婚してしばらく経つ松方は、独り身で、恋人もいないのだからしょうがないとは思うが。

「でも、美佳が同じようなことをしてくれたら、気持ちいいと思う。ローション塗って、上にのって身体でマッサージ。美佳の身体は柔らかいから」

「太ってるからね」

美佳の表情が少し固くなる。どこが太っているのか、と紫峰は不思議に思う。痩《や》せてはいないが太ってもいない、丁度いい身体。胸の大きさで太って見えるのかもしれないが、自分にとってはまったく気にならない。

「太ってない。ダイエットもしなくていい」

紫峰が言うと美佳はうつむく。本当の気持ちを言っているのに、と思うが、こういうところは付き合ってきた、どの恋人にもあった。紫峰は恋人たちの身体について、どうこう言ったことはない。それぞれに好きだったし、不満もなかったからだ。けれどいつも、ダイエットをしたり、食事を制限したりして、みんな痩せようとしていた。男と女の考え方の違いなのだろう。

紫峰はとくに美佳の身体が好きだった。今まで付き合った恋人とは違い、白くてふくよかで柔らかいところがとくに。女性の身体がこんなに抱き心地のいいものだと、初めて知った。

紫峰はもう一度美佳の胸に顔を埋めて、そこに口づける。唇を移動して、淡い色の先端を吸った。何度も強く吸い上げて噛《か》むと、高い声が漏れる。それから濡れた音を立てて唇を離し、胸の谷間を通って、唇を下へと移動させた。

「紫峰さん……んっ」

美佳の足に手をかけて持ち上げる。その大腿《だいたい》に唇を這わせて、きわどいところの肌を吸った。

「痛……いっ」

それから血が出る寸前まで噛むと、美佳の柔らかな肌に歯型が浮かび上がった。きっと内出血のように青くなるだろう。美佳の肌を噛んだのは初めてだった。というか、女性の身体に噛みついたこと自体初めてだ。

少し潤んだ美佳の瞳に煽《あお》られて、もう一度胸に唇を寄せた。同時に美佳の中心に手を這わせて、上下に愛撫する。

「も……う、やぁ……紫峰さ……んんっ！」

少しだけ中に指を入れると、美佳の身体が弓なりに反る。その瞬間に深く指を入れて、指を増やす。感じすぎるのか、逃げたいのか、美佳は身体をずり上げて高い声を上げる。

「どこに行くの」

「だ、って……紫峰さん」

「僕が？　なんだ？」

美佳の中の指を曲げると、さらに甲高い声を上げ、顎《あご》を上向けた。弓なりになった背がベッドマットに落ちて、白い胸が何度も上下する。乳房は濡れて光っていた。

「イった？」

荒い息を吐く美佳の唇に意地悪く深いキスをする。息ができなくなった美佳は苦しそうな顔をするが、紫峰はその唇を追って離さなかった。

「苦し……いよ」

ようやく離してやると、赤い顔をして息を整えている。紫峰は美佳の額から鼻筋、唇から顎《あご》の先までゆっくりと滑るように手で触れた。

なぜここまで美佳の肉体は紫峰を煽《あお》るのか。そう思いながら、口角を上げる。

「今度は、僕をイかせてくれないと」

まだ息が整いきらない美佳はコクリと息を呑んだ。紫峰を見上げている美佳の身体を起こして、膝《ひざ》の上に乗せる。

「自分でする？　それとも僕が？」

にこりと笑って美佳の腕を自分の首にまわさせた。四角いパッケージを噛《か》み切って、それを自身に被《かぶ》せる。その様子を美佳は少しだけ見てから、さっと紫峰の顔に目を向けた。

「どうする、美佳」

やっと息が整ってきた美佳は、紫峰の耳元でささやいた。

「紫峰さん、して」

美佳の背中と腰を引き寄せて、彼女の身体を少しだけ持ち上げる。

「次回は美佳が自分でして」

いきなりではなく、美佳の中にゆっくりと自身を沈める。美佳の中は狭い。それでも少し紫峰に慣れたのか、初めてのときよりは上手く紫峰を受け入れる。

「あっ、あぅ……しほ……さ……っ」

紫峰は自分の好きに動いた。初めはゆっくりと動いたが、美佳が動きに慣れてきたという様子が見てとれると、ペースを速くして強く突き上げる。美佳自身の体重がかかって、突き上げるたびに深く紫峰を受け入れた。

「つらい？　ペースを落とそうか……？」

ゆっくり腰をまわして、美佳に言うと、荒く息を吐きながら抱く腕に力を込める。

「紫峰さん、イけな……でしょ？」

舌足らずに言う美佳に笑みを漏らして、紫峰は少しだけ身体を離す。

本当は、自分も今にもイきそうだった。ただ我慢する美佳を見ていたいと、紫峰も我慢しているだけ。

「美佳はイきそう？」

美佳は一度小さく頷《うなず》いて、倒れ込むように紫峰の背と首に手をまわしてきた。

「じゃあ、イって美佳」

「ん、あっ……あ、紫峰さん……っ！　もぅ、イくから……っ！」

「美佳……っ」

美佳の爪が背中と首に食い込んだ。食い込んだ爪が紫峰の首を引っ掻《か》く。痛みを感じて、一瞬だけ息をとめたけれど、美佳の中にきつく締《し》めつけられて紫峰も達した。腰を激しく動かして、何度か突き上げる。

引っ掻かれた痛みを忘れるくらい、達した快感に目が眩《くら》む。こんな快感は美佳と以外にはなかった。今までの恋人達との行為は、ただの欲求のはけ口だったのかもしれないと思うくらいだ。美佳との繋《つな》がりを解《と》くとき、まだ離れたくないとでも言うように内部に締めつけられる。だからいつも、すぐにもう一度繋がりたくなってしまう。

美佳を背後から抱きしめ、見下ろした。

「紫峰さん？　どう、したの？」

「いや」

首を傾げる美佳を見て、思わずため息が出る。紫峰はいつも、この瞬間にかなり迷う。次の日の仕事をとるか、自分の欲望に忠実になるのか。首の痛みが、もうやめておけ、と言っているようだったが。

美佳の胸が呼吸と同時に上下して、魅力的に揺れる。どうして自分はＳＰなんてハードな仕事に就いたのか、と、このときばかりは自分の選択が恨めしい。

「美佳」

四角いパッケージをもう一度噛《か》み切って、その中身を自身に被《かぶ》せる。背後から美佳の豊かな乳房を上下に揉みしだき、そして美佳の足の間に身体を割り込ませた。

結局、自分の性欲が理性に勝ってしまった、と紫峰は苦笑する。

「紫峰さん？」

「あと一回。このまま」

「も、一度？」

舌足らずに話す言葉は、いかにも情事のあとのような、艶っぽい声色だ。紫峰は美佳の頭を撫でて、彼女の髪にキスをする。

「もう一度。このまま」

横向きの姿勢のまま、紫峰は美佳の隙間を指で探した。指を挿し入れると、すでに紫峰自身を受け入れられそうな状態だった。ぐっと力を込めて自身を沈めると、美佳の隙間は紫峰をやすやすと受け入れる。

「んんっ、あ……っ」

明日は仕事、仕事、と心の中で紫峰は呟《つぶや》く。

そう言い聞かせて自分をセーブしようと努めるが、その努力も霧散《むさん》してしまうほど美佳の内部はよかった。

何度も、何度も、繰り返し突き上げる。

「頭が沸騰しそうだ」

いったいなにがどうしてこんなに好きになったのか。

何度突き上げても、突き上げても、足りない気がした。

ベッドに身体を投げ出し、今日の出来事を思い出して紫峰は思う。もう少し美佳は、自分や瞳子に腹を立ててもよかったのに、と。

10

「三ヶ嶋、どうしたんだ？」

「なにが」

「メチャクチャ元気そうだと思って。いつもと違うぜ」

「気のせいだ。そういうお前は、疲れてないか？　松方」

「ああ、その通り。昨日、サービスされすぎて。気持ちよかったが疲れた」

「気持ちよくて疲れたっていうのは、気持ちよくなかったんだ。風俗はもうやめておけ」

　到着したエレベーターに松方と紫峰はそろって乗り込む。

「誰か抜いてくれればいいけどなぁ」

　松方は栄養ドリンクを一気に飲み、はーっ、とため息をつく。

　サービスされすぎて疲れて栄養ドリンク。まるでサラリーマンのオヤジのようだ、と思う。年齢的にはあながち間違いではないだろう。

「お前はいいよなぁ。素朴で可愛くて胸のデカイ美佳ちゃんがいるから。そういえば昨日はどうだった？　中村のことで美佳ちゃん、ヘソ曲げなかったか？　もしそうだったら悪かった」

目的の階に着き、エレベーターを降りる。紫峰は松方を見上げて首を振った。

悪いと思っているなら、連れてくるな、と言おうとしたがやめた。

「ヘソを曲げるとか怒るとか、そういうことはなかった」

いっそ怒ってくれたらよかったのに、と思う。責められてもおかしくない状況だったにもかかわらず、意外と冷静に美佳は対処していた。もっとやきもちを妬いたり、文句を言ったり、強い気持ちをぶつけてくれればいいのに。美佳は年下だが、きっと考え方は自分よりずっと大人なのだろう。

結局昨夜、瞳子と美佳が会ったことを気にしているのは紫峰だけのようで釈然としない。

「え？　そうなのか？　モトカノに会ったとき、女って大抵《たいてい》怒るだろう？」

「普通はな。瞳子は怒ってたか？」

松方は紫峰を見てため息をつく。

「俺、なんで中村に嫌われるのかなぁ。いつも中村の言う通りにしてるんだけどな」

「瞳子に嫌われたのを慰めるために風俗？　相変わらずヘタレだよな、松方」

「うるさい。しょうがないだろう、中村はまだお前のこと好きなんだよ、三ヶ嶋」

紫峰はため息をつく。瞳子が紫峰のことを好き、というのは少なからず合っているだろう。だが、それが恋愛感情かどうかはわからない。瞳子は、紫峰が自分と別れてまで結婚した、美佳の顔をただ見てみたかったのだろう。そしてなにか嫌味のひとつでも言いたかっただけ。言ってしまった今、瞳子はきっと後悔している。

「僕は瞳子の彼氏じゃない、美佳の夫だ。松方が瞳子のことを好きでも関係ない」

「……相変わらず、酷《ひど》い言いよう」

「僕が動いてどうなる？　自分で動けよ」

大きくため息をついた松方には目もくれず、紫峰は警護課第四係のドアを開いた。

「なぁ、ところでなんでそんなにスッキリしてるんだよ」

「うるさいな。自分で動いた結果だ」

松井がおはようございます、と言ったのにおはようと返す。

「自分で動いたって？　三ヶ嶋、おい」

「痛、つぅ」

「係長、ケガ、してるんですか？」

松井が心配そうに声をかけてきたが、それには答えなかった。

松方に首と肩の間あたりを軽く叩かれて、紫峰は低く呻《うめ》いてしまった。美佳に引っ掻《か》かれた傷が、まだ生々しく残っている。昨夜は少し、出血していた。背の高い松方が、紫峰の傷に気づいてパッと手を離す。

「動いた、って……あ、ああ、そういうこと。……美佳ちゃんに抜いてもらったのか。いいよなぁ」

誰にも聞こえないように松方は言った。実際、松井には聞こえなかったらしく、こちらを見て首を傾げている。抜いてもらったなんて言葉を使う松方を、正直殴りたい気分になったけれど、こいつはこういう奴だから、と諦《あきら》めた。

「痛いから触るな」

襟《えり》を正すと、衣擦《きぬず》れして首の辺りが痛い。実は同じような傷が肩甲骨《けんこうこつ》辺りにもある。そちらはそんなに深くないが、首は強く引っ掻かれたので、少しの刺激でも痛みを感じる。

「そういうことって、どういうことですか？」

暢気《のんき》に聞いてくる松井は、わけがわからず曖昧な笑みを浮かべている。まだ若くて、鈍感なところがある。これでもかわいい彼女がいるらしく、紫峰はよく自慢話を聞かされる。

「大人の話だ。引っ込んでろ、松井」

紫峰が松井をたしなめる。その隣からおはようございます、と声をかけてきたのは第四係唯一の女性ＳＰ、坂野由香《さかのゆか》だ。

「あら、どうしたの？　松井」

「坂野さぁん」

情けない声を出している松井の横を通り過ぎて、紫峰は自分のデスクにつく。

「三ヶ嶋が首痛いって言ってるんだよ、坂野」

「どうしてですか」

「自分で動いた結果っていうか……」

松方が坂野にコソコソと耳打ちする。

「……はーん」

頷《うなず》いて一度、紫峰を見たあと、小さな声で新婚ですもんね、と言っているのがしっかり聞こえた。

小さな声でも、自分のことになると大きく聞こえるものだ。

紫峰より五歳下の三十一歳。ＳＰになって四年目で、優秀。おしゃべりな松井と違って、静かな女性だ。けれど、やはり女。この手の噂話は好きらしい。

「おしゃべりはよせ、松方、坂野」

苦し紛れに言った言葉に、自分でも苦笑いする。

「松方さん、坂野さん、俺、さっぱりわかりませんけど。教えてください、話見えないっス」

松井が坂野に泣きついていると、そこへ第四係最後の人物、大橋司《おおはしつかさ》が入ってくる。ＳＰ三年目の大橋は、天然な性格で顔はジャニーズ系。一部では「天然王子」と呼ばれている。和菓子とお茶と、なにより読書が好きな男だ。

「おはようございます。三ヶ嶋さん、今日は俺、焼肉行きたいです」

「いきなりなに言ってんのよ、大橋」

「俺、今日誕生日なんですよ。三ヶ嶋さん、知ってますよね？」

相変わらず宇宙的な会話を投げかける大橋に、紫峰はため息をついた。それに松方と坂野もつられる。ただ、暢気《のんき》で鈍感な松井だけはわけがわからない、と目を泳がせている。

「集合」

紫峰以外の四人が紫峰のデスクの側に集合した。そこで紫峰は四人を見渡す。

「今日の予定を言う前に、お前達に言っておく。まず松方、お前何年目だ？　いつまでもヘラヘラしてるから、僕は課長にお前のことで小言を言われる。風俗に行く暇があったら、報告書の不備をなくせ。印鑑を押し忘れるなんて、新人でもしないミスだ。馬鹿じゃないのか」

松方がキュッと口を引き締《し》める。風俗？　と、またしても松井が不思議そうな顔をしている。紫峰は次に坂野へ言葉を投げかける。

「坂野、君は女ながらSPという仕事を立派にこなしていて、本当に感心する。だが、僕のことを噂するくらい口が暇なら、松井の指導をしろ。君は松井の指導係も兼ねているはずだ。なぜ君に任せているか、よく考えろ」

はい、と坂野は返事をした。首をすくめる彼女の姿を見て、溜飲《りゅういん》が下がる。

「大橋、お前の誕生日なんて仕事には関係ない。職場で、そういう話を持ち出すな。脈絡のある話をしろ。いつも宇宙人と話しているみたいだ。いい年した大人なんだから」

すみません、と大橋は頭を下げた。

「最後に松井。いつまでも新人気分でいるな。圧倒的に勉強不足。SPはただ要人を守るだけが仕事じゃないってわかっているんだろうな？　ネクタイはいつも曲がって出勤。警護の準備はダントツで遅い。SPになって何ヶ月が経つと思ってる。ただ僕は、どうでもいいやつにここまで言わない」

一気に言うと、松方以下四人は、シュンとする。

松方が紫峰の家にきた昨日。紫峰は昼間、上司の警護課課長に呼び出されていた。

紫峰はこの第四係に異動するのが、とても嫌だった。坂野はまぁいいとして、他の三人は、松方を筆頭に、個性的すぎるからだ。以前第四係の係長をしていた尾崎《おざき》という人物は、体力も技術も申し分ない壮年の男だった。

第四係にくる前、紫峰は警備部警護課第二係の係長で、主に国会に出る国務大臣や衆参両議院議長たちの警護をしていた。仕事も充実していたし、部下も優秀。課長から呼びつけられることなんて、まったくと言っていいほどなかった。

それがなぜ急に異動になったのかというと、尾崎が病気で入院したからだ。そこで人員の配置を換えざるを得なくなり、紫峰をはじめ数名が異動を余儀なくされた。

警護課に配属されて一年目の松井がSPに抜擢され、松方が第三係から第四係へ異動。そして、紫峰が第四係の係長になったのだ。

この異動前までの第四係はそれなりに均衡を保っていたのだが、松井と松方が加わったことで、いきなり特殊な人格の者ばかりが揃う形となった。

『三ヶ嶋君、第四係ではうまくやっているかね。君は今まで、第二係をうまくまとめ上げていたし、君自身も優秀なSPだ。警部の階級も持っていて、次期課長はきっと君だろう。第四係の連中は個性的な面々が集まっているが、うまくまとめてほしい。彼らは、要人警護の技術はまったく問題ないが、それ以外のところでツメが甘い者が多い。小さなミスが、要人警護中の大きな問題に発展する可能性もある。わかっているだろうが、部下のミスは君のミスだ。とくに新人の松井は要注意かもしれんな。きちんと教育してくれないと困るよ？　君だって結婚したばかりで、職を失ったら大変だろう？　しっかり頼むよ』

仕事をクビになるような、大それたミスをすると思われている。苛《いら》立ちを抑えきれず、紫峰は上司に言い返した。

『お言葉ですが、私の部下達は優秀です。松方はキャリアも長いし、坂野は真面目で優秀。彼女の細やかな気遣いが、ＶＩＰの奥様方に評判です。大橋は勘が鋭く、周囲のことによく気がつきます。松井だってまだ荒削りですが、今後が楽しみな逸材です。書類上のミスも、今後徹底してなくさせます。さらに言わせて頂きますが、仕事を手放したくないのは事実ですが、収入がなくなったからといって、結婚生活が破綻することはありません。私の妻は私よりも収入が多いですし、私生活までお気遣いくださらなくて結構です。とにかく、第四係は心配いりませんので』

言い終えると課長の返事を待たずに丁寧に頭を下げ、紫峰は部屋を出た。

朝から昨日の課長とのやりとりを思い出し、せっかく昨日、美佳に鎮めてもらったにもかかわらず、またムカムカした気持ちを思い出す。

紫峰は物事をはっきり言う性質《たち》だ。松方に言わせれば「毒を吐いている」らしい。確かにそうかもしれない。けれど自分ではそれを悪いとは思っていない。言われっぱなしは性に合わない。

「でもさ、昨日の夜は美佳ちゃんに身体で慰めてもらったんだからいいじゃないか。少しくらい課長に小言を言われ……ってぇ！　痛えよ！　なにすんだ！」

「美佳に慰めてもらった」という言葉にカチンときた。プライベートと仕事を一緒にするな、と心の中で思った。思っただけではおさまらなくて、紫峰は予定表が挟んであるバインダーの角で松方の頭を叩いた。ガツッといい音がして、松方は頭を抱える。

「人が注意しているときに茶々を入れるな。お前はいくつだ。三十六だろう。いい大人のくせに人のプライベートをペラペラ喋りやがって。同期は同期でも僕はお前の上司。区別をつけろ、このバツイチが」

「今、グサッときた」

横で坂野が松方さん、とたしなめる。

「え？　じゃあ、首の傷って、奥さんがつけたんですか？」

そこでダメ押しのように松井が言った。先ほどのやりとりの意味がやっとわかったらしい。

「松井、引っこんでなさい！」

そこでまた坂野が制する。

「傷ができるほど、激しかったんですか？」

目を丸くして大橋が聞いてくる。

「大橋！　いま俺が注意されたばかりだろう!?」

今度は松方が大橋をたしなめた。

紫峰が注意しても、坂野以外の三人は紫峰の言うことを聞かない。この第四係にきて以来、こんなやりとりはしょっちゅうだ。それが紫峰のイライラを募らせるのだが、本人達はまったくわかっていない。

ここは開き直るしかないのか、と思いながら紫峰は口を開いた。

「激しくて、なにが悪い？　大橋」

声を低くし、紫峰は凄みをきかせた。緊張したように大橋はいえ、と答えた。

「自分のパートナーに慰めてもらって、なにが悪いんだ？　松方」

「わ、悪くないです」

目を泳がせて答える松方。そして同じように目を泳がせている松井に、紫峰はにこりと笑った。

「首の傷は、妻がつけたんだ。それがなにか迷惑をかけたか？　松井」

「い、い、いいえ！」

紫峰は手にしていたバインダーを、わざとバンッと派手な音を立てて置いた。四人の身体がビクリと反応する。

「今日の予定を言う」

つくづくうんざりした気持ちになり、警察官を辞めるか、と心の中で紫峰は呟《つぶや》いた。けれど、美佳にこの年で世話になるのは情けない、と思い直して、気持ちを仕事に切り替える。

予定を言い渡すと、四人はそろって頭を下げた。シンクロした動きに、気持ちが引き締《し》まる。次に言った言葉は、てんで不揃いだったけれど。

「すみませんでした」

「すみませんっした」

「すみませんです」

「すみません」

思わず笑ってしまい、四人の顔も少しほころぶ。

「すみませんくらい、揃えたらどうだ？　僕は課長に啖呵《たんか》を切ってきてしまったんだ。真面目に頼む」

「課長に、啖呵!?」

松方が目を見開く。普段の垂れ目気味な目が少しだけつり上がっている。

「本当ですか、三ヶ嶋さん」

坂野も驚いたような顔をして、紫峰を見た。

「本当。第四係はみんな優秀だから、心配いらないと言ってきた」

四人を見て紫峰は微笑んだ。

「以上だ、準備にかかれ」

一斉に準備にとりかかる。紫峰も同様に支度を始める。

今日の紫峰の予定は急に入ったもので、帰宅は遅くなりそうだ。衆議院議員の春海空《はるうみそら》が、父であり元総理大臣でもある春海総一郎《そういちろう》と買い物に行くので同行しなければならなかった。

元外務大臣を祖父に、元総理大臣を父に持つ空は、衆議院議員補欠選挙で初当選し、三世議員として注目されている。民間会社に十年以上勤務したのち、父親の要望で政治家に転身した。祖父である春海総太《そうた》も、空の政治家への転身を望んでいたという。総太はすでに亡くなっているが、外交で手腕を発揮した有名な政治家だった。総一郎も法律の改定などに尽力した人物として有名な総理であった。春海空という三世議員は、祖父、父の実績もあり、期待と注目をされている。

春海家は総太、総一郎、空と三代続く議員家系で、その三人に共通するのはルックスがよいということ。空自身も容姿端麗で背が高く、若い女性に人気がある。ルックスは人気集めに最適な武器だが、最近はそれだけでなく力を発揮しているのも窺《うかが》える、将来有望な人物だ。

衆議院議員になって二年目で、先日行われた衆議院選挙にも当選。少し前に結婚したそうで、今日の買い物には妻も同伴するとのこと。

紫峰は警護対象のプロフィールや年齢などの情報を、毎回ひと通り頭に入れてから任務にあたるようにしている。ただ立っているだけがSPではない。普段は急な予定が入ることはないのだが、相手が元首相とあって、警察側は無碍《むげ》に断ることはできなかった。買い物さえ自由に行けない身分に多少の同情はしつつも、急な仕事は人員の確保だけでも大変だから、不満もある。内心ため息をつきつつも、着々と準備を進めていく。

多分、順調にいって帰ってくるのは十六時くらいだろう。それから報告書をまとめ、部下達の報告を聞いたら、きっと帰れるのは二十時を過ぎる。

美佳は今日から新しい仕事にとりかかる、と言っていたので多少遅くても彼女が気をもんで待っているということもないだろう。

いつもの職場、いつもの仕事。どんなときも危機意識を持って職務にあたっているが、この仕事はいつなにが起こるかなんてわからない。いつものように完璧に警護をして、警護対象、つまりマルタイを家まで送って玄関に入るまで見届け、報告書を書く。心のどこかで、そんな変わらない一日を過ごして、無事家に帰れるものだと思っていた。同行した坂野も、きっとそうだっただろう。

だから、十六時までは、なにも不安はなかった。

マルタイのことを頭に入れながら、今日の職務を頭の中でイメージしたりしていた。

しかし今日は、いつものように任務を遂行できなかった。迎えに行った先はすでに物々しい雰囲気で、警護車両が先に何台かとまっていて警察の制服が見えた。ざっと見渡した限りでは人員はふたり。紫峰の姿を確認すると、そのふたりは頭を下げた。

紫峰は首を傾げながら車を降りる。

「何事ですかね？」

坂野に言われたが、紫峰も状況が把握できていない。とりあえずマルタイの家に向かう。そこで見つけたのは、よく知っている人物。まだ二十代だが、紫峰より上の階級の女性だった。

急な予定だったので、打ち合わせもそこそこにしかできていないのは確かだ。けれど紫峰たち以外の警護がつくなんて話は聞いていない。

「あの人、誰ですか？　美人ですね」

坂野がそう言ったので視線を向け、その、よく知った美人を見た。

女性はこちらに気づくと、親しみのこもった笑顔を向けてくる。長い髪をキレイにまとめ上げ、サイドを一部垂らしている。手を振って近づくその女性を見て、紫峰はため息をついた。今は仕事中だというのに、気安く手なんて振るな、と言ってやりたい。

「紫峰君！」

紫峰君、という呼び方に坂野は驚いた顔をしている。そして坂野がまじまじと紫峰を見るので、思わずため息が漏れる。

あきれ顔を隠さないまま、目の前の女性に紫峰は言った。

「月永《つきなが》警視、なぜあなたが？」

紫峰の言い方に女性は怯《ひる》んで、何度も瞬《まばた》きをした。いけない、と言いたそうな顔をしている。

昔から知っているその顔が、慌てて真面目な表情に切り替わる。

「……え、あ、三ケ嶋警部、お久しぶりです」

「久しぶりというわけでもないでしょう。気安く手を振らないでください」

気安く、と言ったからか、あからさまにシュンとしている。その表情を見ると、どうしても本気では怒れないな、と思う。彼女は昔から可愛がっていた妹のような存在だ。

「あの、どういうご関係ですか？」

坂野が遠慮がちに聞いてくるので、ああ、と紫峰は目の前の女性を紹介した。

警視、と呼んだ相手と気やすく話している状況は誰だって驚くだろう。

「月永如月《きさらぎ》、従妹で警視」

従妹!? と驚いたような声を出して、紫峰と如月を見比べる。

如月の旧姓は三ヶ嶋だった。紫峰の父をはじめとして、警察官一家の三ヶ嶋家。ずっとそばで見てきたからか、彼女も昔から警察官になりたいと言っていた。如月の実家は寺なのだが、その仕事を継ぐこともなかった。それどころか、普通の仕事を選ばず、周囲の反対を押し切って警察官になってしまった。警官になったあとも、しばらくは周囲から考え直せとうるさく言われていたらしい。

結局は、仕事ぶりも素晴らしく、周囲も認めざるを得なかったようだが。

「キャリア、ですか？」

坂野はきっと、紫峰に聞いたのだろう。けれどその言葉に答えたのは如月本人だった。

「ええ、一応」

坂野は遠慮がちではあるが好奇心を抑えきれないといった様子でさらに質問を投げかける。

「私より年下ですよね？」

如月は紫峰よりも十歳年下の、二十六歳だ。キャリアだから、出世は早い。だが、それだけの実績をあげているのも事実。

警察官になるのを周りがとめたとき、紫峰だけが賛成したので、以来、何事も相談は紫峰にしてくるようになった。結婚も早く、二十三歳のときだった。その旦那も紫峰のよく知る人物だ。

「警視になれたのは、キャリアだからです。私も、こんなに早くなれるとは思いませんでした」

相変わらずの物言いだと思った。けれど、表情が柔らかいので、誤解されることは少ない。それに、これでも勝気できつい性格が、結婚して少しは丸くなったのだ。

「今日はどうして警視が？」

如月は捜査一課の課長だ。その彼女が現場に出るのは珍しい。

如月は小さくため息をつく。

「上の要請です。私だって、なんでわざわざ、って思いました。元総理大臣とジュニア、そしてその奥さま。……三人の予定、聞いてます？」

紫峰に逆に質問をしてきたので、それに答える。

「買い物だと言われました。急なことだったから、人員はふたりしか割けませんでしたが」

紫峰の言葉に如月は顔を曇らせて、それが、と口を開く。

「急に買い物のあと、八坂《やさか》議員のお見舞いに行くって言い出したんです。八坂議員が何者かに発砲されてケガをしたのは知っているでしょう？　見舞いは中止するべき、って進言したんですけど、元総理が……どうしても話がしたいらしくて。春海総一郎が総理大臣だったとき、八坂議員は副総理だった。ふたりは親友だと聞いていています」

八坂議員が発砲されたのはつい先日のこと。テレビでかなり大きく報道されていた。少し前から八坂議員は某建設会社との癒着《ゆちゃく》がささやかれている。暴力団関係者との繋《つな》がりも噂されており、今回の発砲事件によって癒着の信憑性《しんぴょうせい》が増していた。

釈然としない顔をしている如月を見て、紫峰も、なぜ、という気持ちが消せない。しょうがない、と言えばそうなのだが。しかしこれも警察官の仕事のうちだ、と無理に自分を納得させる。

「見舞いにはジュニアも一緒に行きますが、用事があるのは元総理だけみたいです。八坂議員には疑惑もありますし、捜査一課も放っておけませんから」

発砲事件は捜査一課管轄の仕事なのだろう。まだ警察官になって五年目の如月は、初め地域指導課に配属された。そこでの功績が認められて、捜査一課に転属。それから検挙率の高さが認められて昇進した。だが、その如月とて警護は素人。紫峰は頭が痛くなるのを感じた。横を見ると、坂野も苦笑して紫峰を見上げている。

立派に指揮をとり、警視としての役割を果たしているとは思う。けれどやはり、警護についてはいささか不安が残る。上の要請とあれば仕方がないし、発砲事件を調べている捜査一課は、監視の意味も含んで今回出動しているのだろう。

「今日はよろしくお願いします、三ヶ嶋警部。ＳＰのように訓練されていませんので、至らないところがありましたら、なんなりと言ってください」

「なにかあったらこちらの指示通りに動いて欲しいのですが、よろしいですか？」

「はい、わかりました。部下にも言っておきます」

頭を下げると、さっさと行ってしまう。紫峰は嘆息《たんそく》して、如月のうしろ姿を見送った。

「強いですね」

「まぁね。あれでもかなり丸くなったんだ、結婚してから」

「結婚してるんですか？　官僚で、あの若さで」

紫峰の頷《うなず》きに、いいですね、とポツリとつぶやいたのを聞いて、そうか？　と返す。坂野は三十を超えた年齢だから、そう思うのだろうか。確かに女性は結婚するのに年齢を気にするのかもしれない。紫峰の妻、美佳がそうだったように。

思いにふけりながらも、立派な玄関のドアが開いたところで、紫峰は仕事のスイッチをオンにした。

「マルタイ出てきたぞ。お前は空の夫人の方について歩け」

坂野は頷いて指示通り動く。そして紫峰は本日警護する三人の要人に会釈をする。そして一番年かさである元総理を見て、紫峰は再度頭を下げた。

「初めまして、本日警護につく三ヶ嶋です。うしろについているのは坂野です。今日はよろしくお願いします」

総一郎はありがとう、と言ってにこりと笑った。好人物だという評判通り、やわらかな物腰だ。

「久しぶりです、三ヶ嶋さん。急な予定で申し訳ありませんが、よろしくお願いします」

久しぶり、と言ったのは空の方だった。一度か二度、警護についたことがあるので顔を覚えられたのだろう。握手を求められた相手に笑みを向けて、紫峰とそう年齢は変わらない相手に、握手で応えた。

「こちらこそ。全力を尽くします」

「買い物と見舞いなんて、本当に自分本位な都合で恐縮です。今日はありがとうございます」

謙虚な物言いの空も、父親と同様に好人物として有名だった。

「任務ですから。どうか気にしないで下さい」

空はにこりと笑って、ありがとう、と言った。話し方などをしっかり教育されている、そんな印象を受けた。驕《おご》ったところがないのは、民間の会社に長く勤めていたからか、と紫峰は思う。

三人を警察車両に案内すると、乗り込むのを確認してドアを閉める。

「坂野」

「はい」

紫峰は運転席に座り、坂野は助手席に乗った。

いつなにが起きてもいいように気を引き締《し》める。慢心《まんしん》が一番よくない。常に緊張感をもって、行動する。それが紫峰の仕事に対する姿勢だった。

なにもなければ、警護は十六時に終了する、と心の中で紫峰は呟《つぶや》いた。

いつもと同じように家に帰れることを、このときはまだ信じて疑わなかった。

11

買い物を済ませ、見舞いに向かうため再度車に乗りこもうとしたとき、総一郎が紫峰に話しかけた。

「すまないな、三ヶ嶋君」

総一郎は穏やかな声で謝った。

「いいえ」

「君も、月永君だったたな……本当にすまない。こんなに急に、見舞いに行きたいなんて言い出して」

警察車両に乗せてドアを閉めながら、如月はいいえ、と答えて頭を振った。

国民の側に立った意見を言う優しい首相だと評価が高かった。

今でも国民に人気がある総一郎だが、選挙のときにときどきマスコミに顔は出すものの、本人はすっかり楽隠居を決めこんでいる。あとは息子に任せると言っているが、結局はあちこちから声がかかる。きっとこの人は、政治とは一生縁が切れないのだろう、と紫峰は思う。

「大丈夫です。元首相や議員を警護するのが、私たちの任務ですので」

紫峰が言うと、苦笑を浮かべた総一郎の息子、空が同じように頭を下げる。

「本当にすみません、ありがとうございます」

それにならって空の妻も、深々と頭を下げた。

「同年代で、私より先に当選した八坂は大切な親友なのだが……疑惑はきっと本当だろうね」

苦笑する総一郎を見て、なにも言えず紫峰は微笑みだけを返した。

疑惑は、ありがちな癒着《ゆちゃく》による取引。経済産業大臣と、その補佐をしていた八坂の、建設会社との癒着だった。さらにその建設会社は、暴力団とも関係していると報道されていた。

いろんな憶測が飛び交う中、八坂は撃たれた。暴力団の怨恨《えんこん》によるものだと、推測されている。けれど証拠がなく、八坂自身がなにもしゃべらないので、捜査はやや難航している様子だ。

「それは公安が捜査中だと思います。バックにいるのは、きっと暴力団だけではないと、公安は踏んでいるのでしょう。秘密主義ですから、まったく情報は流れてきませんが」

如月が言うと、総一郎も空も苦笑した。

「政治に癒着はつき物、とは言っても僕は慣れませんね」

苦笑したまま答える空は、ため息が出るほどハンサムだ。悩む仕草までどこか魅力的に感じられる。実際坂野は、空の顔を見ながら、こっそりため息をついていた。

「しょうがない。慣れろとは言わないが、知っておく必要はあるかもしれん。政治というものは、綺麗事だけでは済まされない部分もあるからな」

空は頷《うなず》いて父を見ている。

政治の世界が光ばかりじゃない、というのは確かにそうだろう。警察の内部だってすべてが正義でできているわけじゃない。悪に手を染める警察官だっているのだから。

「それにしても、小さな病院だな」

漏らした総一郎の感想に思わず納得するほど、目的地の病院は小さかった。きっと百もベッド数がないような、それくらいの規模。とりあえず入院した、というほうがしっくりくるような感じの佇まいだ。それとも大きな病院だと、どこにいるかばれてしまうので、逆にこういうところを選んだのかもしれない。

「八坂も、余計なことをしなければなぁ」

総一郎の口からこぼれた本音に、紫峰は苦笑した。

三人を病院の中に先導しながら、紫峰は坂野を小さな声で呼んだ。

「どうしました？」

「この病院、かなり古い。安全確認をしてから中に入る。非常階段とか、出入り口とか、きちんと把握しておかないといけないからな。如月……いや、月永警視と一緒に三人の警護を頼む。僕もすぐに向かう」

「わかりました。もしものときは、月永警視に指示をあおいでもいいでしょうか」

「もしものときは、だ」

これまでにも何度か、警護中にもしもの場面は訪れた。坂野もそれを経験しているから聞いてきたのだろう。

「わかりました。先に中に入ります」

紫峰は頷《うなず》いて、坂野から離れる。坂野が中に向かったのを確認すると、捜査一課の刑事も中に入っていった。如月は紫峰を見て、なにか言いたそうな顔をしている。

「どうかしましたか？」

従妹とは言っても、今の如月は上司。敬語は忘れない。

「ふたりだから、敬語はよして」

如月が真面目な顔をして言うので、紫峰は肩の力を抜いて、如月、と呼んだ。それにホッとしたのか、笑顔を向けてくる。

「私、ずっとあの人と会ってない」

如月は遠慮がちに言うと、顔をうつむけた。まったく、と紫峰は思う。如月が夫と喧嘩をするのは日常茶飯事。紫峰もよく知った相手だから話すのかもしれないが、最終的に謝るのは如月の方で、夫は何事もなかったように許して喧嘩は終わる。

「だからなんだ？　いまは任務中だ」

呆れた口調で言うと、如月は顔を上げてお願い、と言った。

彼女の懇願する目に紫峰が弱いことを知りながら、そういう顔をする如月はずるい。三ヶ嶋家唯一の女の子。とくに紫峰に懐いていたから、紫峰はなおさら彼女に弱い。

「私、刑事部だし。同じ警備部だったら、会うこともあるでしょう？　できたら謝ってたって伝えてほしいの……きっと、八坂議員を調べてると思うから」

「自分で言え」

突き放すような言葉を言ったからか、如月はハッとしたように顔を上げた。

自分で謝れないなら喧嘩をするな、と言いたかったが、紫峰はそれを呑み込んだ。目の前の如月が本当に落ち込んでいるように見えたから。さらに、謝っていたと伝えてほしい、と言われたのは初めてのことだった。

「如月、お前は今が仕事中だということを忘れてないか？　臨時とはいえ、元首相とその息子である議員、そしてその妻の警護を任されている。こんなプライベートなことを話している場合じゃない」

如月が一度目を伏《ふ》せて、そして、ごめんなさい、と言った。

「僕も月永とは顔を合わせていない。八坂を調べているのなら、なおさら会わないと思う」

「そうだね。ごめんね、でも……」

それでも言いたいことがあったのだろうか、顔を上げて紫峰をまっすぐに見て言った。

「もしも会ったらでいいの。叩けばワタもホコリも出てきそうな、そんな人を調べているから……仕事でほとんど帰ってこないの」

結局、紫峰はため息をつきながらも態度を軟化させる。

「もし、会ったらな。今は仕事に集中しろ、いいな？　如月」

無言で頷いて、病院の中に入る。一度だけ振り向いた如月に、紫峰は微笑んでみせた。

ため息をついて、こんなプライベートなことを考えている場合ではないだろう、と紫峰は思う。自分は極力仕事中は、感情が揺れるようなことを考えないように努めている。そうしないと、警護に集中できなくなる。

如月の夫の顔を一瞬だけ思い出し、すぐに頭を切り替えた。

建物は予想以上に古く、外づけの非常階段があるのみ。その非常階段の前には鉄柵があり、鍵がかけられている。きっと患者の離院防止だと思うが、すぐには使えない脱出口のようだった。他の出入り口は職員用の裏口と、正面玄関、そして救急搬入口。ざっと調べただけだが、それくらいしか見つからない。

縦に長いだけの、五階建ての病院なので、逃げ道は少ない。

「こんな病院に入院するとは」

案の定、セキュリティも万全ではなかった。とりあえず脱出口は確認したので、正面玄関から病院内に入る。

『三ヶ嶋さん！　拳銃を持った男が……ババババッ、バンッ……ピ』

急いで院内に突入しようとしたその頭に、うしろからガチリと硬い音がするものを押しつけられる。動きをとめて振り返ると、もう一人紫峰の横に立った男からも銃を向けられていた。

周りを見ると、正面玄関だというのに病院のスタッフは誰もいなかった。外ばかりを見ていて、中を見ていなかったことを紫峰は悔やんだ。

ここは病院で、誰でも出入りできる場所。だから、盗難事件なども多いのだが、こんな展開までは想像できなかった。

「歩け」

紫峰は大きくひとつため息をつき、手を上げて歩き出す。横に立つ男を睨《にら》み、と同時にさり気なく銃の種類を確かめる。どう見ても、不正に輸入されたものだ。暴発する可能性の高い欠陥のある拳銃で、この手のものは素人か暴力団しか使用しない。

「それを撃つのはやめておけ。トカレフ、暴発率が高い拳銃だ。そんな安物を掴《つか》まされるなんて、命を落としてもいいのか？」

拳銃を持った若い男は、一瞬顔を歪ませたが、すぐに気を取り直して迷いなく拳銃を突きつける。

「撃ってみろ。お前が死ぬか、僕が死ぬか……賭けようか？」

今度こそ怯《ひる》んだ、その隙を紫峰は見逃さない。

相手はどう見ても素人。拳銃も持ちなれていないのだろう、その姿勢も構え方もなっていない。

紫峰は素早く銃を持った男の手を掴んだ。そのままねじりあげて相手に銃口を向けたところで、男は体勢を崩した。それを見逃さずに、紫峰は男を、うしろに立つもうひとりの男に向かって投げ飛ばす。男は驚いて拳銃を落とした。はずみで発砲されなくてよかった、と紫峰は思いながら、落ちた銃をすばやく足で蹴って、遠くへやった。

「てめえっ！」

立ち上がった男の頭を、思いっきり両手で殴っている間に、もうひとりの男が銃を拾おうとしたので、足を振り上げてキックを入れる。紫峰はなんとか、ふたりの男を昏倒《こんとう》させることができた。

「手が痛いだろ、まったく……」

肩で息をしながら、拾った拳銃の安全装置が外れていないことを確認して、スラックスのウエスト部分にねじ込んだ。そうしてひとりの男の片手に手錠をかける。そのまま手すりがある場所へと引っ張っていき、手錠を手すりにひっかけて、もう片方の手をつなぐ。もうひとりの男は、手錠がなかったので、紫峰は自分のネクタイを解《と》いて、うしろ手に拘束した上で手すり近くに転がした。

春海親子と空の妻、そして八坂議員。自分の部下の坂野に従妹の如月。残り二名の捜査一課の刑事の安否がわからない。銃声が聞こえたということは、誰かが傷を負っていることが考えられる。

ポケットの携帯電話をとり出し、紫峰は警視庁に電話をかけた。今の状況を手短に話して応援の要請を出す。そこまですると紫峰は、どうか、だれも撃たれていませんように、と祈る気持ちで目的地へ向けて階段をかけ上がった。

今日は、何事もなければ、十六時には警護も終了していたはずだった、と考えながら。

12

病院を占拠するとか、そういうことを犯人たちは考えていなかったらしく、二階に銃を持った男たちはいなかった。ただ、病院全体が静かで、看護師さえもいない。どこかで固まって人質にでもされているのだろうか、と思うほどだ。

目的の部屋の前に着くと、男の怒鳴り声が聞こえた。それに如月の声と、坂野の声が聞こえて、言い争っているのがわかる。

紫峰は自分の銃を構えながらドアノブに手をかけた。中に何人いるのかわからないが、ゆっくりと、相手に気づかれないよう細心の注意をはらいながらドアノブをまわすと、一気に部屋に押し入る。

中には、ひとりの男がいた。銃を持っている。男の武器を観察すると、さっき紫峰を襲った男達とは違い、トカレフではなさそうだった。

素早く部屋全体を見まわすと、ベッドの上の八坂議員をかばうようにして、如月がおおいかぶさっていた。腕辺りから血が流れているのを見て、彼女が撃たれたのだと確信する。幸い弾は急所から外れているようだった。

素早く銃を下ろした紫峰は、男を蹴り飛ばす。けれど男はしぶとく銃を離さない。紫峰は舌打ちして、坂野に叫んだ。

「マルタイを外に連れ出せ！　もうすぐ応援が到着する！　急げ！」

坂野は頷《うなず》いて、春海親子と妻、八坂議員を立たせて部屋を出る。しぶとく銃を持っていた男が、ドアをくぐる八坂に銃を向けた。それをさせまいと紫峰がその男の腕を捻《ひね》りあげると、はずみで銃口から弾が放たれた。

その瞬間、紫峰は左肩に熱さを感じた。けれど渾身《こんしん》の力で男を捻《ね》じ伏《ふ》せて首を絞めて昏倒《こんとう》させる。男が倒れたのを確認して、紫峰は脱力したように座り込む。座り込むとさらに緊張が薄れて、急に痛み出した肩に手を当てる。ヌルリとした感触があり、左肩を見ると鎖骨の下あたりに傷を負っていた。

ああケガをした、と思いながら浮かんだのは美佳の顔。

こんなケガをして、美佳はなんと思うだろうか。きっと心配するだろう。なにもかも投げ出して、病院へ駆けつけてくれるだろう。その様子を想像して、思わず苦笑してしまった。

部屋に残された如月もまた、紫峰の負った傷に目を見開いて近寄ってくる。右手を上げて無事だと主張すると、如月が泣きそうな顔で紫峰の名を呼んだ。

「紫峰君、弾は？　貫通してるの⁉」

如月が紫峰の身体を揺さぶるので、顔をしかめる。

「貫通してる。動かすなよ、痛い」

背部からも出血している。紫峰の意識がしっかりしていることがわかり、如月はホッとした顔をして、手近にあったシーツを割いて紫峰の肩を止血した。

「如月こそ、大丈夫なのか？」

「私は平気。かすっただけだもん。それより、出血がひどい！」

「まさか撃たれるとは思わなかったな」

大丈夫だ、と言いながら、如月に男に手錠をかけるように指示することは忘れなかった。

なんだか息が苦しくなってきた。

「如月、美佳に連絡してくれ。このあと病院に運び込まれるだろうから」

「わかったから、ちょっと、紫峰君！　しっかりして！」

頭がボーッとする。

そのまま紫峰は意識を手放した。

美佳に大丈夫だ、と言う場面を想像しながら。

13

誰かが呼んでいる声が聞こえる。

夢現《ゆめうつつ》でそれを感じて、大きく息を吸った。息を吸って思ったことは、ああ生きている、ということ。

「紫峰さん！」

声が聞こえて、先ほどから紫峰を呼んでいた声は、美佳のものだとわかった。意識がまだ混濁《こんだく》している中、視線を巡らせると白い天井が見える。さらに視線を左に向けると、涙ぐんだ美佳の顔が見えた。嗚咽《おえつ》をもらしているその姿は、泣きじゃくるという表現が一番しっくりくるようなものだった。大粒の涙が美佳の豊かな頬を伝い、何度も白い手がその涙を拭っている。

「美佳」

自分の声が変にくぐもっていることに気づき、口と鼻のあたりに透明のマスクがあてられていることを知る。そこで、ああ、そうか、と思う。自分が置かれている状況を把握した。ここは病院なのだ、と。

「ごめん……撃たれた」

「喋らないで」

美佳は首を振り、泣きながらもにこりと笑う。涙を拭って、そして紫峰の名を呼んだ。

「左側の鎖骨下動脈の損傷だって。手術中輸血もしたし、状態も悪かったらしいわ。……でもよかった、生きてる」

死にそうな目にあった気がしなかった。確かに撃たれたときは痛かったが、まさかこんな重症だとは思わなかった。今も痛みはあるが、それよりも目の前の美佳が泣いているのを見ることの方がつらい。きっと、すごく心配をさせたのだろう。紫峰の想像通り、なにもかも投げ出してここにきたに違いない。

すまないと思いながらも、美佳がこうやって泣きながら自分のところへきてくれたことが、紫峰は嬉しかった。こんな状況なのに、彼女が自分を思ってくれていることが嬉しくて仕方なかった。

「肺も損傷していたって……本当によかった。病院に搬送されたって聞いて、……本当に驚いた」

さらに大粒の涙が美佳の頬を伝う。それを拭ってやりたかったが、腕が思うように動かない。身体が重くて、腕を上げることさえできない。その腕を優しく抑えるようにして、美佳が紫峰の手を握った。

「動かないで。明日には、一般病棟に移れるって言うから……今日は、もう面会時間も過ぎたし、帰るね」

どうにかもう片方の腕を布団から出すと、美佳が紫峰の手を両手で握りしめる。紫峰よりも小さいその手は、涙でぬれていた。

「美佳……好きだ。心配かけて、ごめん」

聞こえただろうか、と思いながら美佳を見る。

すると美佳は瞬《まばた》きをして、紫峰の手を握る手に力を込めた。今度こそいつもの笑顔で紫峰を見る。

「私も好きよ。早く傷を治して、そして……」

耳元でそっとささやかれた言葉に、思わず笑みがこぼれる。それを見た美佳は、ホッとしたように嬉しそうに微笑んだ。白く柔らかな手が紫峰の頬に軽く触れて、そしてゆっくりと離れていく。紫峰はどうにか右手を軽く振り、少し寂しさを感じながら背を向けてベッドから離れる彼女を見送った。そのまま目を閉じると、眠気が急に襲ってきてどうにもならなくなった。痛みもあるが、眠りたくてしょうがなかった。

美佳が振り返って紫峰を見たときには、すでに紫峰は深い眠りに落ちていた。

14

一般病棟に移って数日。美佳は毎日のようにきてくれている。紫峰はすでに自力で起き上がれるようになっていたし、退院の話も出ていた。あとは自宅療養をして、外来に通えば大丈夫だということだった。一般病棟の個室に移されてからは、退屈な日々が続いた。テレビを見てばかりで、時間の流れがものすごくゆっくりに感じる。

同じく銃で撃たれた如月だったが、幸いかすり傷程度だったようだ。今はもうほぼ完治に近い状態で、相変わらずバリバリ仕事をこなしていると、見舞いにきた如月の同僚から聞いた。如月は発砲事件以来、さらに忙しくなり、見舞いにはこれないそうだが、とても心配しているとその同僚は紫峰に教えてくれた。

「紫峰さん、起きたりして大丈夫？」

多分ノックをしたのだろうが、紫峰は美佳がきたことにまったく気づいていなかった。美佳はいつも十三時半くらいにきて、紫峰の洗濯物を持って帰る。

「そろそろ退院なのに、起き上がれないなんて言えないだろう？」

「そうね」

洗濯した寝間着を棚に収納しながら、美佳が答える。

「美佳、仕事は？」

聞くと、思い出したように、ああ、と言って椅子に座った。

「しばらくやめたの。紫峰さん、入院しているし……原稿していたら、お見舞いにこれないでしょ？」

「そんな、二日か三日くらい、大丈夫だ」

「紫峰さんが仕事に復帰したら、また始めるから」

美佳は笑顔で応えて、洗濯物を整理する。

自分のケガが原因で、美佳に仕事を休ませるのは嫌だった。美佳の仕事は、美佳の感性なしではつくれない、代わりのきかない仕事だ。だからこそ、自分の都合で美佳の仕事を妨げたくないと思っていた。なのに要らぬ心配をかけて、そして美佳の手を煩わせている。

「美佳、悪かった」

「なにが？」

「仕事を休ませてしまって。僕は大丈夫だから、始めてもいいよ？」

紫峰が言うと、美佳は首を振った。どうして首を振るのか、と思う。もうすぐ退院だし、身のまわりのことは自分でできるのに。

「仕事するよりも、紫峰さんのそばにいるほうがいい」

少しだけうつむいて、笑みを浮かべる美佳に紫峰はどうしても触れたくなった。少し痩《や》せたような気がするその頬に、軽くキスをする。

「ありがとう」

また恥ずかしそうに笑って、美佳は首を振った。その顔を引き寄せて、今度は柔らかい唇にキスをする。久しぶりに、本当に久しぶりに触れた唇は、とても柔らかくて、紫峰はずっと離したくないと思った。思わず深くなるキスに、美佳が微かに声をもらした。

唇を離す音が聞こえるくらい深く美佳の唇を味わって、もう一度ついばむようにキスをする。

「これ以上したら、その気になりそうだ」

紫峰が苦笑しながら言うと、美佳もつられて苦笑した。

「はやく、帰ってきて」

「帰ったら、即行かも」

紫峰が言うと、美佳が笑いながら首を振る。

「それはだめ。きちんと私の料理を食べて、そしてゆっくりお風呂に入って、それからじゃないと」

ね？　と言う美佳に、紫峰は正直笑って応えるしかない。我慢がきくか、正直言って自信がない。

しばらく黙っていると、普段はあまり自分のことを話さない美佳が、自分の思いを語りだした。

「私ね、紫峰さんと結婚したの、正直に言うと三十歳になる前に結婚したかったからっていうのもあるの。不純すぎるって、思われても仕方ないけれど」

躊躇《ためら》いがちに、遠慮がちに、美佳はうつむいて話を続ける。

そのことに気づいていた紫峰は、黙ってそれを聞いていた。

「それだけで結婚したんじゃないけど、私の心の大部分はそれだった。母を早く安心させたかったっていうのもあるし。でも、結婚してから、どんどん紫峰さんを好きになっていく自分がいて……本当に好きになって」

顔を上げた美佳は、真っ直ぐに紫峰を見た。

「今回大ケガしたでしょ？　知らないかもしれないけど、手術もすごく時間がかかった。撃たれた場所も急所だったし……この人、私を置いて死んじゃうのかな、って思った。だってね、手術することになって、同意書を書いたの。家族だから同意書を書いてほしいって言われて」

美佳は少し涙ぐんでいる。瞬《まばた》きをするとその目から、一筋涙が流れた。それを紫峰が手で拭い、美佳の頬に触れる。

「私ね、紫峰さんのお仕事、ちゃんとわかってなかった。今の紫峰さんの仕事、すごくやりがいがあるんだろうって思うし、辞めてほしくない。ただ、私がいること、忘れないでね。私が紫峰さんのこと好きだってことだけ、忘れないで」

美佳が言った言葉を、紫峰はあたりまえじゃないか、と思いながら聞いていた。

君こそ、僕がすごく君のことを好きなんだということをわかっているのか、と問いかけたかった。

これまでも美佳は、自分のことを好きだと言ってくれていたけれど、確かに今まで、美佳が本当に自分のことを好きなのかということに、紫峰は少し自信を持てないでいた。けれど、ケガをして、美佳が紫峰に対する思いを吐露《とろ》してくれたことで、本当に自分のことを思ってくれているのだということを、今、本当の意味で紫峰は実感できた。

「紫峰さんがもし百歳まで生きるなら、私は九十三歳でいいわ。それでちょうどいいでしょ？」

美佳との年の差は七歳。一緒に逝きたいという、美佳の言葉は紫峰の胸に幸せに響いた。

「君を、今ここで抱きたくなった」

ええっ⁉　と裏返った声を出しながらも、美佳は明るく笑った。

「可愛いことを言うから、欲しくなった」

美佳の腕を両手でつかむと、彼女はそれを外して紫峰を見た。

「だめよ、患者さんでしょ？」

互いに笑って見つめ合う、ただそれだけのことがこんなに楽しいなんて。

美佳と出会う前に付き合っていた瞳子と結婚していたら、はたしてこんな風に笑い合えていただろうか？　美佳と結婚したから、大ケガをした今も、こうやって笑っていることができる、そんな気がしてならない。

　どんな瞬間にも幸せを感じることができるのは、美佳とだけだろう、と紫峰は確信していた。

15

　一ヶ月の入院と二週間の療養ののち、紫峰は仕事に復帰した。美佳の心配をよそに、大丈夫だと言って紫峰は出勤していった。警護の職務にはまだあたらないが、係長としての事務作業がたまっているらしく、あまりのんびりもしていられないということだった。

　本当に心配で、玄関先まで見送りに出た美佳に、当の紫峰は、ひらひらと手を振って出て行った。

　美佳は閉まったドアを見ながら、療養のためとはいえ、長く休んでいた紫峰に、なにも手土産を持たせなかったことに気づいて慌てる。そんなことをする必要はないのかもしれないが、美佳の気が済まなかった。なにか思いつくものをすぐに持っていこう、とあれこれ考えるが、時間はみるみる過ぎていく。そのうちに、今から自分にできることといえば、料理くらいだということに気づき、美佳はお弁当を作り始めた。

　迷惑かもしれないとは思いながらも、ご飯にシャケと手作りの肉味噌を詰めたおにぎりを作る。次に卵焼きを焼いて、肉団子を詰めて、と三段の大きな重箱はあっという間にいっぱいになった。

しかし、これだけでは男性が多い職場では足りないだろうと考えて、もうひとつ三段の重箱を引っぱり出してきて、さらにおかずとおにぎりを詰めた。

「……こういうことして、いいのかな」

ふたつの完成した重箱を前に、美佳は改めて悩んでいた。紫峰に迷惑はかからないだろうか、と唸っていると、ふいに電話が鳴った。

電話の相手は華道の師匠からだった。今日、少し顔を見せてほしいということだったので、わかりました、と答えて美佳は電話を切る。

重箱を見てため息をつき、やっぱり差し入れを持っていくのはやめようと思い、師匠のもとへ出かける用意をする。いつも着物を着ている師匠に合わせて、着物を着始める。一枚目の襦袢《じゅばん》を着てから、もう一枚の襦袢に半襟《はんえり》をつけて、それを着る。それから腰紐《ひも》を結び、着物を羽織る。帯は本文庫にして、リボンのようになっているだらりの部分を少し長くする。藍《あい》色のレトロな柄のお出掛け様の着物に、帯は同じような色を締《し》めた。そして最後に髪の毛を編み込む。鏡で姿を確認し、少し首をかしげてみる。

リビングに戻ってしばらく考え、やはりこの重箱を届けようと思い直し、電話をかける。数度のコールで華道の師匠は出た。

「すみません、美佳です。夫の急な用事で少し遅れます」

あらそうなの、と答える声を聞いて、すみません、と美佳は謝る。

あっさりといいわよ、と言われて美佳は電話を切った。

風呂敷に包んだ重箱を二つ持って、玄関に置いた。外はまだ肌寒いので、着物用のコートを羽織って、草履をはく。差し入れのことで頭がいっぱいだったため、着替えるのをすっかり忘れていたことに、美佳は駅の近くで気づいた。

「あ……こんな格好で、きちゃった」

帰って着替えると昼に間に合わないと思い、仕方なく駅に向かって歩く。

このときは別にいいか、と思いながら電車に乗った。


美佳の家から駅までは徒歩三分。電車で五分、降りてから徒歩五分で警視庁に着く。おにぎりを詰めすぎたかも、と考えながら目的地を目指す。紫峰の職場のすぐ近くまできて、改めてこんな風に差し入れにくる妻がいるのだろうか、と弱気になる。とまりそうになる足をなんとか前に進めて警視庁までたどり着くと、その大きさにクラリとした。

「警備部警護課、ってどこにあるんだろう」

紫峰の職場がどの棟にあるのかわからないので、美佳はとりあえず、とそのうちのひとつに入った。着物姿の美佳を館内の人たちは不思議そうにジロジロ見ている。誰かをつかまえて場所を聞こうと目を泳がせていると、そのうちのひとりが話しかけてきた。背の高い、若い男だ。美佳はすみません、と頭を下げた。

「警備部警護課……えっと、第四係に行きたいんですけど」

「失礼ですが、なんの御用ですか？」

無表情で聞かれて、美佳は自分が不審がられていることに気づき、二つの重箱を示す。

「これを、夫に届けに行きます」

「中身はなんですか？」

「お弁当です」

弁当、と言って眉をひそめられる。重たい重箱が余計に重く感じた。

「警備部警護課の誰ですか？」

若い男の表情を見て、美佳はやはり届けてはいけなかったのだと、そう思って顔を上げる。

「……あの、すみません。もう……結構ですから」

美佳は笑顔で頭を下げ、踵《きびす》を返す。しかしそこで、待ってください、と若い男からとめられて振り返る。

「誰か聞いているんです。答えられないんですか？」

この人はきっと警察官なのだろう。ここは警視庁で、美佳が持ってきた重箱さえも疑われている。美佳自身も怪しい人物だと思われているのだろう。

「美佳さん、じゃないかな？」

低い声が美佳を呼んだので振り向くと、思わず目を丸くしてしまう。偶然にしてはできすぎているような、そんな出会い。

「峰隆さん、驚きました」

低い声の持ち主は紫峰の兄、峰隆だった。にこりと笑う顔が紫峰と似ている。美佳はホッとして峰隆を見た。峰隆は大荷物だね、と美佳の荷物を見る。きちんと制服を着ている峰隆は、キャリア組で階級も上の方だと、紫峰から聞いていた。その峰隆から話しかけられている美佳を見て、男はやや恐縮したように言った。

「三ヶ嶋警視正、お知り合いですか？」

峰隆は、ちらりとその男を見て、ため息をつく。

「この人の身元は私が保証する。大丈夫だから仕事に戻りなさい」

峰隆が言うと、男は一礼して去っていく。それで、と峰隆が美佳を見る。

「紫峰に差し入れ？」

「あ、はい。今日から復帰したので、同僚の方たちに、お弁当を持ってきたんですけど……。帰った方がよさそうですね」

重箱を少し持ち上げて苦笑すると、そんなことはない、と峰隆が言った。

「せっかく重たい荷物をここまで持ってきたんだ。警護課だろう、案内するよ」

峰隆は重箱のひとつを持ち、恐縮する美佳を置いて歩き始める。峰隆について歩いていくと、警護課はすぐ近くにあったようだ。エレベーターに乗り込んだところで、峰隆がもうすぐだと言って美佳に振り向く。峰隆は優しい笑みを向けて美佳を見ている。

「紫峰が結婚すると聞いたとき、どんな女性と結婚するのか、と興味を持った」

え？　と美佳は首を傾げた。

「そうなんですか？」

自分は弟には似合わないと言いたいのかもしれない。そう考えたらやや心が沈んだ。

「これまで紫峰が付き合ってきた女性は、清楚な感じよりも上昇志向の強い派手なタイプが多かったから、てっきりそういう女性かと思ってた」

美佳は苦笑せざるを得なかった。紫峰が結婚する直前まで付き合っていた中村瞳子は、紫峰よりも上の階級の警察官。キャリア組だった。

「私が平凡だと、言いたいんでしょう？　紫峰さんと以前付き合っていた人なら、私会ったことありますから」

峰隆がおや、というような顔をして、美佳を見る。

「私は美佳さんが悪いとは言ってない」

美佳が顔を上げると、峰隆がにこりと笑った。違うんだよ、と言うその声は紫峰とどこか似ている。

「キャリアを優先する女性より、自立していてしかも女性らしい可愛い人を選ぶとは、ってね。しかも話してみれば、かなりいい人で、教養深い。私は、結婚に一番に賛成したよ、美佳さん」

そう言って、また歩き出す。そこだと指さした場所には警備部警護課第四係と書いてあった。相変わらず着物姿の美佳は視線を集めていたけれど、第四係に着くころにはまったく気にならなくなっていた。峰隆にありがとうございます、と言って頭を下げる。

大きくひとつ深呼吸をして、第四係のドアに手をかける。入っていいものか、と考えたが、入らなければ弁当を渡せないと勇気をふりしぼり、思い切ってドアを開ける。もちろん視線は着物姿の美佳に集中した。中に入ると、紫峰が驚いた顔をして立ち上がる。紫峰の他に部屋の中にいたのは四人。そのうちのひとりは松方だった。

「美佳？　どうした？」

美佳に歩み寄る紫峰に、他の四人は驚いているようだった。美佳は気を取り直して紫峰に話しかける。

「お弁当、持ってきたの。お昼までだでしょ？　みなさんで食べてもらおうと思って」

二つの弁当を少し持ち上げると、そのうちのひとつを紫峰が受けとってくれた。

「驚いた。なんで着物を着てるんだ？」

「華道の師匠さんから電話がきて、寄って帰ろうと思って着替えたの。紫峰さん今日から仕事でしょう？　お休みが長かったし、同僚の方にもご迷惑をおかけしたおわびがしたいと思って。迷惑だったかな？」

美佳は紫峰を見上げる。紫峰は苦笑して、いや、と言った。苦笑した紫峰を見て、迷惑だったのかもしれないと、美佳は少しだけ落ち込む。だが、きてしまったものはしょうがない、ともうひとつの弁当も紫峰に差し出した。

「三ヶ嶋さんの奥さんですか？」

若い男が美佳に話しかけてきた。美佳より年下に見える男だった。美佳がにこりと笑って頭を下げると、相手はうわぁ、と感嘆《かんたん》して満面の笑顔を浮かべる。

「ちょっと、マジで、うわぁ。松方さん、見たことあるんですよね？　清楚ですね！　可愛い」

その評価に美佳は首を傾げてしまう。可愛いとはあまり言われたことがなかったので、紫峰を見て思わず苦笑する。その若い男は女性にたしなめられたが、態度を改めようという感じではなかった。美佳は挨拶をしていないことに気づき、改めて四人に向かって頭を下げた。

「すみません、いきなりきてしまって。三ヶ嶋の妻です。よかったらみなさんでお弁当を食べてください。お口に合うかどうかわかりませんけれど」

もうひとつの重箱は松方が手を出して受けとる。

「サンキュー美佳ちゃん。これだけの弁当、時間かかっただろう？」

「そんなことないです。昨日の残りも詰めてあるし」

「それにしても、着物でくるとは思わなかったなぁ。可愛いよ、美佳ちゃん」

松方の言葉にも少し苦笑を返して、美佳は頭を下げた。

「では、帰りますので。紫峰さん、お仕事がんばって」

紫峰に笑いかけると、紫峰も美佳を見て笑顔を浮かべる。ありがとう、と言ってくれたことが美佳は嬉しかった。

本当は迷惑だったかもしれないな、と考えながら紫峰の仕事場を出る。

そういえば、食べた後の重箱はどうしようと、美佳は一度うしろを振り向いた。そこまで考えていなかったことを反省しつつ、今度またとりにこようか、と思った。

おいしく食べてくれればいいな、と思いをはせながら美佳は駅に向かって歩き出した。

16

「紫峰さん、お仕事がんばって。……いいなぁ、美佳ちゃん」

美佳が去っていったドアを見ながら松方が言った。紫峰は松方を軽く睨《にら》む。それに気づくと、松方は緩く笑って紫峰を見た。その仕草に紫峰は呆れ、舌打ちしそうになる。

「三ヶ嶋さんの奥さん、めっちゃ素敵ですね」

坂野も松方と同じくドアの方を見ながら言った。坂野は感嘆のため息をつく。

「着物ですよ？　しかも、その着物の柄がまた可愛い。奥さん自体も可愛いし、お弁当も作ってくれるし」

自分の妻を褒めちぎる坂野を見て、紫峰は首を振りながらまた、ため息をつく。その横からいつもは反応が薄い大橋まで続ける。

「女らしいっていうか、ふんわりしているというか、あんな人だと思いませんでした。三ヶ嶋さん、厳しいし、仕事できるし、もっとこう強い感じの女の人かと思っていたから」

紫峰は重箱を松井のデスクに置きながら、軽く息を吐く。少し照れくさいが、自分の妻が褒められるのは悪い気がしない。むしろ、そうだろう、と同意したいくらいだった。

「中身、見てもいいっすか？」

松井が嬉しそうに重箱を凝視している。紫峰はやれやれと思いながら、いいぞ、と言った。

「すっげ！　うまそー！　三ヶ嶋さんが奥さんのことを自慢するのわかります！」

「自慢してるか？」

紫峰は首を傾げたが、してるじゃないっすか、と松井が言ったので、そうなのだろう。

「三ヶ嶋、嬉しくないのかよ。美佳ちゃんが持ってきてくれたんだぞ？　おい」

肘《ひじ》で松方につつかれて、嬉しそうな顔をしているじゃないか、と紫峰は思わずムッとする。今日の出来事は嬉しさもあるが、美佳の行動に対する驚きが大きかった。美佳はあまり大胆な行動をとるタイプではないから。

松井が開けた弁当の中身を見て、美味しそうな料理の数々の中に、美佳らしさを見つけて紫峰は微笑む。

「美味しそうだ。美佳らしい」

紫峰がそう言うと、ちょっと聞きました？　と坂野が言った。

「美佳らしいって、嬉しそうに笑ってますよ？」

自覚はなかったけれど、頬が緩んでいたらしい。

「のろけですね、のろけ！　いいなぁ、俺も彼女に作ってもらいたいなぁ」

松井が言うと、坂野が頭をバチンと叩く。

「そんなこと考えてないで仕事覚えなさいよ。三ケ嶋さんは病み上がりだし、今日は復帰一日目だから、奥さんが気を遣ってお弁当を持ってきてくれたのよ？」

坂野から言われて、ああそうか、と紫峰は思った。なにも考えていなかった紫峰は、ここで初めて菓子折りなどを持ってくればよかった、と思った。美佳の気遣いに感服する。本当に、よくできた妻だと。

「もう飯時だし、食べようぜ」

紫峰の右肩を軽く叩いて、松方が言った。今日は警護者がいないため、指示があるまでデスクワークだ。すでに正午を過ぎているので、紫峰も松方に同意する。

「私、お皿とお箸《はし》、持ってきます。お茶はセルフですよ」

坂野が立ち上がって準備にとりかかり、松井は嬉しそうに弁当のふたを全部開ける。

それを見ながら、紫峰は密かに微笑んだ。

うまい、と言って食べる部下たちに満足しながら、自分も美佳の料理を口にする。本当に美味しくて、紫峰は美佳のことがまた好きになった。

17

「美佳さんの旦那さんって、三十六歳ですよね？　一番充実している年齢ですね」

再び仕事を始めた美佳は、担当が言ったことに、そうね、と返すしかなかった。美佳よりひとつ年下の担当は未婚で、まだ仕事をしたいと思っているらしく、言葉の端々にその意思が感じられた。ひととおりの会話に笑顔で応じ、打ち合わせが終わって担当を見送ったところで、ひとりため息をついた。

カレンダーを眺《なが》めて少し苦笑し、自分の部屋に戻ってパソコンの前に座る。

紫峰は右肩の傷がようやく塞がったところで、抜糸をして退院。それから二週間後、美佳の心配をよそに彼は仕事に出かけて行った。

退院するとき、しばらくは激しい運動はだめだと、美佳の目の前で紫峰は注意されていた。もしかしたら夫婦の性生活についての注意かもしれないと思ったら、恥ずかしくて顔が赤くなりそうだった。けれど紫峰はそう思わなかったらしく、なんともない顔でそれを聞き流していた。

紫峰の入院中、今君をここで抱きたい、と言われたことがあった。なんでもない顔で受け流した美佳だが、本当はかなり動揺していた。病室で、ということを想像したら恥ずかしくてしょうがなかった。もちろん入院しているときは、なにもしなかった。それが当たり前なのだが、病院で紫峰に会ってひとり家に帰ると、なんだか苦しくなった。

いつもため息をついて、本当ならば隣にいる温かい人がいないことを認識する日々。紫峰が思ったよりも早く退院できたから、それは意外と早く解消されたけれど、ただ隣にいて、なにもせずに眠る毎日が今も続いている。そういうことを、紫峰は考えていないのだろうか。昨日の夜も普通にふたりで眠りにつき、今日の朝も普段通りに彼は出勤していった。ここまで考えたところで、恥ずかしくなって、美佳は頭を振る。

こうやって紫峰のことが改めて好きだと自覚した今、あやふやな気持ちを残したまま、紫峰のことが好きだと言っていた過去の自分を反省する。

もう、どれくらい紫峰と抱き合っていないのだろう、と美佳は指を折って数えてみる。入院期間は一ヶ月。退院して二週間後には仕事に出て、それからさらに一週間が経っている。美佳から抱いてとは言えないし、まだ傷が癒えていなくて、痛いのかもしれない。

紫峰の傷は左鎖骨下動脈損傷と肺挫傷というものだった。動脈が傷つけられていたため出血が多く、手術中に輸血もした。また、肺に傷がついていて、肺の中に血が溜《た》まり、肺そのものが潰れていた。だから肋骨の間から管を挿入し、肺を膨らませる機械をしばらくつけていた。そんな紫峰の痛々しい姿に涙が出た。本当に、死ぬかもしれない、と思ったものだ。

けれど、今は元気に出勤しているし、若いせいかみるみる回復した、と主治医が言っていた。まだ警護の仕事は再開していないらしいけれど、無理はしてほしくない、と美佳は思う。

無理はしてほしくないと思うけれど、美佳も健全な二十九歳の女性だ。今までの人に対して、美佳の方から抱かれたい気持ちになったことはなかったが、今は紫峰の温もりが欲しいと思っている。

紫峰はわかっていないのだと、心の中で美佳はすねてみる。

紫峰が警察病院に運ばれたと聞いたとき、胸が潰れるほど心配した。自分を独り残して逝ってしまうのではないかと悲しくなった。

紫峰に仕事を辞めてほしいとは思わない。仕事にやりがいを感じているのは、隣にいて十分にわかるから。

ただ自分の気持ちをわかってほしい。身体で存在を確かめて愛し合って、生きている温かみを感じたい。

美佳は紫峰を本気で好きになっている自分を、ひしひしと感じた。

18

料理に集中していたら、美佳は紫峰が帰ってきたことに気づかなかった。リビングのドアを開ける音がして、ようやく気づいて、少し慌てる。いつもは玄関まで迎えに出ているのに、今日はできなかった。

「紫峰さん、ごめんなさい。気づかなかった」

紫峰が撃たれたあの日から、もうすぐ二ヶ月が経とうとしていた。紫峰は元通り元気で、体調は万全に見える。

「いいよ。今日はなに？」

紫峰はいつも玄関まで迎えにこなくていい、と言うが美佳は迎えに行きたかった。美佳がしている仕事は基本的に自宅作業で、ずっと家にいるばかりのときもある。そんな美佳だから、せめてそれくらいはしたい、と思っているのだ。

「今日は、筑前煮と豚肉とニラとモヤシを炒めたもの。最近お魚ばかりだったから、今日はお肉にしたの」

おいしそうだ、と言って紫峰は寝室へ着替えに行く。寝室のクローゼットには、起きてすぐに着替えられるように、紫峰の着替えが置いてある。ちなみに紫峰と美佳の部屋は別々にあって、美佳は自分の部屋のクローゼットに服を置いている。

スーツからラフなチノパンとシャツに着替えた紫峰がキッチンに顔を出す。私服姿の紫峰は、年齢よりもかなり若く見える。スーツ姿の紫峰ももちろんカッコいい。そんな紫峰を見ていると、平凡な顔立ちでおまけにやや太っている自分を、どうしてこんな人が好きになってくれたのだろう、といつも美佳は思う。比べるものではないが、美佳が今まで付き合ってきたどの人よりも、紫峰は素敵だ。

だから美佳は身体で、この人の存在を確かめたいと、強く思うのかもしれない。自分の夫がこんな素敵な人だということが、いまだに夢なんじゃないかと心のどこかで思っているのかもしれない。

美佳の上にいるとき、紫峰は美佳のことしか考えていないというような顔をしている。少し苦しそうにしながらも、美佳を見てにこりと笑う。好きな人が、自分と繋《つな》がっているときに、ああいう顔をしてくれるのは幸せだと美佳はつくづく思う。

想像するな、と自分を叱咤して、美佳は目の前の料理に集中した。もうすぐ出来上がるというところで、紫峰が美佳のうしろに立つ。

「もうできる？　手伝おうか？」

「あ、大丈夫。紫峰さん座ってて。今並べるから」

食器を出して盛りつけて、テーブルに並べる。お茶を出して最後に箸《はし》を置くと、満足して美佳は頷《うなず》いた。

「美佳はいつもきちんとしてる。料理も美味しいし」

食べ始めてすぐに、美味しい、と紫峰が言った。紫峰が目の前で笑ってくれる、それだけで幸せだ。

「美佳、風呂は沸いてる？」

「うん、沸いてるよ」

美佳は料理に手をつけながら言った。

「美佳の料理を食べて、ゆっくり風呂に入って、それから……だったっけ？」

紫峰の言葉に美佳の箸がとまる。どこかで自分が言った台詞《せりふ》。

『帰ったら、即行かも』

『それはだめ。きちんと私の食事を食べて、そしてゆっくりお風呂に入って、それからじゃないと』

なに食わぬ顔をして食事を口に運ぶ紫峰を見ていたら、はずかしさで顔が赤らんでいくのを感じた。

「覚えてたの、って顔だ。君が言ったのに」

ご飯を飲み込んでから、本当は、と紫峰がつけ足して美佳を見る。

「帰ったら即行だと思ったけど、前に玄関でやって青痣《あおあざ》ができただろ？　だから、これを食べて風呂に入るまで、我慢しようかと」

美佳はその言葉を聞いて、うつむいて笑うしかなかった。紫峰としたい、とは言えなかったけれど、自分も早くしたいと思っている。

「今日、病院に行ったら、本格的に仕事に復帰してもかまわないと言われたんだ。それなら〝激しい運動〟も大丈夫だって僕は喜んだけど、美佳は違う？」

美佳は軽く首を横に振って、そうね、と微笑んだ。

本当は紫峰に抱かれたくてしょうがなかったのに、いざ言われると、本音が言えなくなってしまう。けれど、紫峰が言っていたように、風呂に入ってそれから、というところまでは、美佳も待てそうにない。

「本当はね……」

ん？　と紫峰は首を傾げる。その紫峰を見て、すぐに視線を逸《そ》らして、美佳は言った。

「本当は、食事もお風呂も、どうでもいい……っていうか」

美佳は恥ずかしさを紛らわすように笑い、視線を外したまま言葉を続ける。

「生きてるのは知ってるけど、本当にあのとき心配したし、いっぱい泣いたから……だから紫峰さんを早く身体で実感したいって、ずっと……」

美佳が言い終わらないうちに、紫峰に腕を引かれる。テーブル越しなので強くは引かれなかったが、美佳の腕をとったまま椅子から立ち上がった紫峰は、美佳の隣にきて両手で美佳の顔を包み、唇を奪う。

「んんっ……ん」

「美佳……」

強く唇を押しつけられ、紫峰の舌に唇を舐められる。そして歯列を割って、紫峰の舌が美佳の口腔内へ侵入してきた。唇の隙間から、水音が聞こえてきて、美佳は耳を塞ぎたいほど恥ずかしくなる。久しぶりにする行為のためか、すごく卑猥な音に聞こえる。それでも身体はもっと紫峰を求めていて、美佳の心臓は早鐘を打ちだした。

ちゅ、と音を立てて唇が離れると、美佳は酸素を求めて喘《あえ》いだ。もちろん鼻で息をしていたが、間に合わないほどぴったりと紫峰と唇が重なっていたから。

紫峰は美佳の前にひざまずいて、美佳の座る椅子を自分の方に向けた。美佳の上着の中に手を入れて、背中に触れ、それから手が上へと滑ってくる。

「紫峰さん、あの……」

もう片方の手は、美佳のスカートの中に入って、ショーツに手をかけている。少しだけ脱がしたところで、片手ではとり去ることができないと気づいたのか、胸のあたりをさまよっていたもう一方の手もスカートの中に入れて、ショーツを脱がされた。左足を持ち上げられて、ショーツを左足の方だけ抜かれると、紫峰が美佳を見上げる。そして両手を美佳の服の中に手を入れて、豊かな胸を揺らしてきた。服の上から胸に顔を埋められ、軽く歯を立てられる。

「紫峰さん……っ」

美佳の足を広げて、その間に紫峰が膝《ひざ》を立てる。片方の手が美佳の大腿《だいたい》を軽く撫でていたかと思うと、足の間に忍び込んできた。触れられた瞬間に吐息が漏れる。美佳は足の間を触っている紫峰の手を掴《つか》む。

「紫峰さ、……待って」

紫峰は待ってくれなくて、美佳の身体を急速に高める。胸を揺らしていた片手も外して、紫峰は自分のチノパンのボタンを器用に外した。美佳の左足を持ち上げたまま、紫峰の顔が近づいてきて唇を食《は》むようなキスをされた。けれど、すでに美佳の全身の力が抜けてしまっていたので、すぐに唇は離れてしまう。美佳の身体に力が入らなくなっているのは、紫峰自身が美佳の足の間の隙間をノックして、少しだけ美佳の隙間を埋めたから。

「あ……っ、あっ」

大きな質量の紫峰自身が、美佳の中にゆっくりと入る。最後は待てないというように、早急に押し入ってきて、身体が重なる。紫峰が大きく息を吐き出したのがわかって、美佳も一瞬とまった息を吐き出した。

「……っ、美佳」

椅子がギシリと音を立てる。こんな風にされたのは、美佳にとって初めてだった。紫峰は美佳を見てにこりと笑い、ごめん、と言う。美佳が首を振ると、大きな手が美佳の頬を包む。

まだシャワーも浴びていなくて、食事も途中。それでもかまわないと思うほど、美佳も紫峰が欲しかった。

「君とだと、抑えが効かなくて困る。……肩に腕をまわしてくれるか？」

美佳が言われたとおりに紫峰の肩に手をまわすと、両足を抱えられる。そのまま持ち上げられて、繋《つな》がった部分がより深くなった。美佳は思わず高い声を上げた。

「や……っ、あ……しほ、さ……っ」

持ち上げられたかと思うと、すぐに横にされて背に柔らかい感触が伝わる。深く繋がった部分に意識が集中し、思わず目をつむっていたが、美佳はどうやら抱きかかえられたまま寝室に連れてこられたようだ。一度繋がりを解《と》かれて、美佳は切ない声を上げた。視界の端で、紫峰が四角のパッケージを噛《か》み切っている。紫峰は美佳とするとき、ほとんど避妊をする。まだしばらくはふたりきりで過ごしたいと言っているから。

紫峰の仕草や表情から、美佳を本当に求めていることはよくわかる。こうやって忙《せわ》しなく自分を愛そうとしてくれる彼を見るのが、美佳は好きだ。

紫峰は、反射的に閉じてしまっていた美佳の膝《ひざ》を割って、自身を美佳の中に埋める。性急に入ってくるそれに、美佳は思わず息がとまってしまうかと思った。けれど、その性急さが愛しい。中にすべてが埋まったあと、紫峰は一度目を閉じて、ため息とともに一度動きをとめる。その仕草がまた、美佳の心を満足させる。

また服を着たまま愛された。久しぶりの行為は、苦しいほど気持ちいい。

美佳は身体を起こされて、紫峰の膝の上に座るような体勢に変えられる。より深く紫峰を呑み込んだ美佳の身体は、仰《の》け反りそうだった。けれどそれを許さないように、力強い腕が背と腰にしっかりとまわされる。逃げられないほどの快感と、息苦しさ、そして愛しい気持ちが高まっていく。

「ずっと、したかった」

耳元で紫峰から言われて、美佳は力が抜けていた両腕を、ようやく紫峰の背にまわすことができた。美佳は二回頷《うなず》いて、紫峰の首筋に頬を寄せる。何度も頬をすり寄せて、好きだと言った。

「紫峰さん、好き……っ」

紫峰はそれに満足したように、美佳の耳元で笑った。それから、ゆっくりと身体を揺すり、美佳の身体を上下させる。

心地よくて、気持ちよくて。

美佳は何度も高い声を上げた。

19

目が覚めると、紫峰は明るい日差しに目を細める。少しだけぼやけている視界を感じて、ベッドの横のチェストに手を伸ばした。カサリと音がして、なにが置いてあるのかと一瞬気にしたが、目当てのものがあったので、とりあえずそれを手にとってかける。やっと視界がよくなった。黒縁の四角型の眼鏡は、あまりスタイリッシュとはいえない、紫峰の家用の眼鏡だ。

チェストの上を見ると、四角いパッケージが乱雑に数個置いてある。体勢を変えて、うつ伏せになり腕を立てる。手で枕の間に触れると、いくつもの破られたそれが散らばっていた。何度目にしたときのだろうと思いながら、使用済みのものを指でつまんで数える。

「一、二、三、……四、五」

ゴミとなったそれを拾って、ベッドサイドのゴミ箱に捨てた。ゴミ箱も、もう少しでいっぱいになるくらいにティッシュの山ができている。

久しぶりとはいえ、どれだけやればいいのだろう、と紫峰は自分で自分が恥ずかしくなる。

「最低、五回はしたわけか」

もっとしたような気がする。散らばっていた空のパッケージは、きっと何回目かの行為のあと、捨てるのが面倒で投げておいたもの。二回目までは、きちんとゴミ箱に捨てた気がする。紫峰はひとり呟《つぶや》いて、またため息を漏らした。

横に眠るのは、心身ともに健康な女性。出会ってからみるみる細くなる身体の、その乳房だけは変わらず大きい。ダイエットはしていないと言うが、だったらなぜ細くなるのだろうと紫峰は思う。このふくよかな身体が柔らかくて好きなのに。

「子供ができたら、どうしようか？」

コンドームでの避妊が万全じゃないということは知っている。以前、なにもしないで抱き合ったこともあるが、そのときは安全日だったためか子供はできなかった。昨日は安全日ではなかったが、なにもしないで一度繋《つな》がった。深い快感を得る前に、一度それを解《と》いて避妊具を自身に被《かぶ》せたけれど。

「もう少しふたりでいたいけどね」

きっと子供ができたらできたで嬉しいだろう。けれど、横で眠っている身体を愛せなくなる期間があるのはまだつらい。だからもう少しふたりでいたい。

美佳の身体は、抱き合うことにあまり慣れていなかった。初めてではなかったけれど、あまり男に抱かれたことがないということを、初めて繋がった日に紫峰は感じた。もしくは、これまで美佳が付き合ってきた男が、ただ自分の快感を追うために抱いていたかのどちらか。もし後者なら、バカなことをしたな、とその男達に言ってやりたい。

あまり慣れていない美佳を抱くのは、紫峰にとって悦びだ。

美佳は人目を引くほどの美人ではないかもしれない。スタイル抜群、というわけでもないと思う。けれどそのすべてが安らぎを与えてくれるし、なにより美佳の笑顔にはなにものにも代えがたい魅力がある。初めて会ったときの直感通り、紫峰は美佳のことがどんどん好きになり、手放せなくなっている。

美佳の顔に触れて、起きそうな気配がないのを確認した紫峰は、そっと胸に顔を埋める。そのまま抱き寄せて、頬をすり寄せた。ふわりとした感触が、紫峰の身体に当たって心地いい。そうしているうちに、美佳が紫峰の頭に手をまわして髪の毛に触れる。

「紫峰さん……なに？」

抱き寄せたことで起きたのだろう、美佳は紫峰の首筋にもう一方の手をまわした。

「なんでもない」

「また……するの？」

美佳の言うことに苦笑して、首を横に振った。胸に顔を埋めたまま首を振ったので、美佳が呻《うめ》いた。顔を上げると、美佳が紫峰を抱きしめる手を解く。

「しないけど、触らせて」

今度は美佳の首元に顔を埋めて、豊かな胸に手で触れる。紫峰の腕に美佳の手が絡んで、重いため息を吐いた。柔らかい胸は、手で触れても心地いい。

「あ……ん」

美佳の甘い声が聞こえて、紫峰は顔を上げる。薄めの唇に指で触れて、親指を唇の隙間に挿し入れる。自然と美佳の唇が開いたので、歯列を割って中に指を入れた。

「口、開けて」

紫峰が言うと、美佳の唇が少しだけ開く。そこに唇を寄せて軽くついばんで、そして深く繋げる。

「ん……」

離して息を吸い、また繋がってをしばらく繰り返して解く。美佳の唇は少しだけ赤く光っていた。唇だけでなく、顔もやや赤くなっていて、それが紫峰をそそる。

「しないの？」

「しないよ」

少しだけ笑って、紫峰はまた美佳の首元に顔を埋める。片方の手で、美佳の豊かな胸を揺らして、その触り心地を堪能した。

「やめて、紫峰さん」

美佳が紫峰の手を退《の》ける。美佳が抵抗するのは珍しく、紫峰は首を傾げた。

「どうして?」

美佳はだって、と目を伏《ふ》せる。その表情が紫峰の気持ちをさらに高ぶらせる。紫峰は美佳の足の間に手を移動させた。

「や、紫峰さん……っ」

きつく閉じていた美佳のそこに、紫峰の手が直接触れることはなかったけれど、彼女の気配でなんとなく紫峰は察した。

「美佳、したい?」

昨夜、無理をさせたので今日はなにもしないつもりだった。だが美佳の態度で、紫峰の身体もその気になっている。

「私に、聞かないで」

顔を伏せた美佳の頭を引き寄せて、髪の毛に口づける。

美佳の身体を仰向けにして、その上に紫峰は覆《おお》いかぶさった。

「だったら、美佳の身体の反応通りに動こうか」

美佳が大きく息を吐く。紫峰は上下するその胸に顔を寄せる。

チェストの上にある、まだ封を切っていないパッケージに手を伸ばしながら、紫峰は美佳の身体を開かせた。

20

美佳がふと、ため息交じりに口を開いた。

「お義母さんにね、子供はまだなの？　って聞かれた」

ドライヤーで美佳の髪の毛を乾かしているときに言われた言葉の意味が、紫峰はすぐにはわからなかった。

「なに？」

「だから、子供はまだ？　って聞かれるの」

ようやく理解できた紫峰は、ああ、と短く返事をした。美佳の髪の毛が乾いたので、ドライヤーを切る。美佳が紫峰を見上げて、紫峰さんは？　と聞く。

「子供、まだ欲しくない？」

「……美佳が欲しいなら、僕はかまわない」

まだふたりでいたいが、美佳が望むなら作りたい、と紫峰は思う。けれど、その返事が不満だったようで、美佳は頬を膨らませた。

「そうじゃなくて、紫峰さんは？　本当はどうなの？」

「困るな、そう言われると」

ふたりでいたいのは紫峰の希望。子供は作ろうと思えば、すぐにできそうな気がする。

「ふたりでいたいと思うけど、君との子供もいずれ欲しい。母が君にそう言うなら、僕が母に言っておく。ふたりで話し合って子供を作る時期は決めますって」

「紫峰さん、私とふたりでいたいの？」

「美佳に子供ができたら、僕がかまってもらえなくなるかもしれないからね」

美佳は笑って、なにそれ、と言った。その笑う頬に、紫峰が手を添える。美佳は笑っているけれど、紫峰にとっては深刻な問題なのだ。

「子供ができたら、きっとしばらく美佳を抱けないし」

「……どんだけ、愛されヒロイン？」

苦笑いを浮かべて言った美佳の言葉に、紫峰もなにそれ、と答えた。

「私、これだけ自分が愛されるなんて思わなかった。結構、友達から聞いてたの。ウチの旦那は私を愛してくれない、とか、盛り上がっていたのは結婚式までだった、とか。私もそうなると思ってた。結婚式が終わったら、私も仕事を辞めてとか言われたりするのかな、とか、出会いから結婚まで期間が短かったし、素っ気ない態度とられるのかな、とか。私が不純な動機で結婚を決めたのに、本当にこの人は私のことを愛してくれるのかしら、って。……でも、紫峰さんは私に誠実だった。私のこと、いろんな意味で求めてくれて、仕事も続けていいって言ってくれる。褒めてくれるし、優しくもしてくれる。私よりもいい人がいたかもしれない、ってときどき不安になるくらい」

美佳がこれほど饒舌《じょうぜつ》に語ることは少ない。控えめなところも好きだが、面と向かって言われて紫峰も嬉しい。紫峰はとにかく美佳のいろんなところが好きだし、これほどまでに日々好きな気持ちが増していく自分が、自分でも不思議なくらいだった。

今までこんな気持ちになったことがあるだろうか。今まで付き合った人と美佳がどう違うのか。体温だって、身長だってそうそう変わりない。服装や趣味も似たり寄ったりだし、美佳だけがすごく特別というわけではないはずなのに。

「紫峰さんがこのままでいたいなら、私もその方がいい。なんだか、こうして一緒にいたら、自然と子供ができそうな気がするし。……お義母さんには私が言う。子供が向こうからくるのを待ちます、って」

にこりと笑った美佳を見て、紫峰はその額に自分の額をくっつける。

「どうしよう、またしたくなった」

「お風呂、入ったばかりですけど」

美佳がおかしそうに笑う。けれど紫峰は本気で、笑っている美佳を抱きしめる。

「そう、がっつく年でもないんだけど」

十代や二十代じゃあるまいし、と紫峰は思いながらため息をついた。美佳の背中を撫でると、紫峰の胸に美佳が頬をすり寄せる。

「まだ私たち、新婚だから」

ふふ、と笑う美佳と視線を合わせ、紫峰はそのままキスをした。軽いキスを何度か交わして、美佳の身体を抱き上げる。紫峰の首に手をまわして応える美佳の耳元に、紫峰は言った。

「新婚だからじゃない」

相手が美佳でなければ、こうはならなかったと思う。この愛しい存在に、紫峰はこれまでとは違った自分を引き出されるばかりだ。

「じゃあ……どうして？」

「君が好きだからに決まってる。ただそれだけ」

紫峰の言葉を聞いて、美佳がふわりと笑った。

美佳の身体の重みを腕に感じ、紫峰は幸せを噛《か》みしめる。

紫峰はふと、美佳にプロポーズをしたときの台詞《せりふ》を思い出す。

『僕と結婚しませんか？』

『あの……どうしてですか？』

『君が好きだからに決まっているでしょう』

同じ台詞を繰り返す自分がおかしいと思う。

けれど、何度も言いたくなる。いつも答えは初めの頃と変わらない。

美佳と結婚した理由も、そしてまだふたりでいたい理由も、なにもかも、答えはたったひとつ。

美佳が好きだからに決まっている、ただそれだけ。

Happy Wedding

1

結婚すると返事をした直後から、美佳の怒涛《どとう》の日々が始まった。

まずは結納から、と紫峰に言われて、きちんと手順を踏んでくれるのだと思い、嬉しかった。

二十九歳だから、早く決めたかった結婚。三十歳前には結婚したいと思っていた。

実際ふたを開けてみると、プロポーズを受けてから結婚式まではわずか一ヶ月半。結納も、結婚式もその間に準備をする。あまりの展開の早さに、相当面食らった。

『ダメですか？　ダメだったら、ホテルをキャンセルします。でも、早く僕のところへきて欲しいから』

見合いをして、結婚して欲しいと言ってくれたのは、三ヶ嶋紫峰という人。変わった名字で、変わった名前。けれど、響きもその字面もすごくキレイで、名は体を表すの言葉通り、顔立ちもすごくいい。黒い目はキレイな形をしているし、鼻立ちはスッと通っている。長身で均整のとれた体型。職業は警察官、ＳＰをしている。ＳＰというと、ガタイのいい大柄な感じを想像するが、彼はそういう感じではなく、スマートで涼やか、という言葉が似合うタイプだ。

『早く僕のところへきて欲しいから』

毎回リピートされるこの台詞《せりふ》。こんなことを言ってもらえるほど、こちらは美人でもなければ、スタイルがいいわけでもない。やや太めという部類に入るような、そんな冴《さ》えない女なのである。

そんな自分が今、ドレスの波の前に立っている。

ついこの前まで、家にこもってパソコンと向き合うばかりの日々を送っていた。それが急にこんな華やかな場所に連れてこられて戸惑う。

「美佳さん、好きなデザインはある？　ささ、選んで？」

紫峰の母は目元が紫峰とよく似た、正統派の美人だ。しかもお洒落《しゃれ》で洗練されている。美佳の母もお洒落好きではあるが、どこか普通に見えるのは、美佳と似た容姿のせいか。母もどちらかと言うとぽっちゃりした感じ。体型も美佳と似ている。

「できれば、露出は少ない方が……」

「美佳さん若いのに……今時のウエディングドレスは、肩も出ているし、胸もきわどいところまで開いているのが普通よ？　きっとどれも可愛く着られるわ」

紫峰の母はにこりと笑って、似合いそうなのをいくつか選んでみて、と美佳を促す。美佳の母も、さっそく選びにかかっている。

「露出の多いドレスは、ダメだってば……」

美佳は太めだし、腕だって細くない。袖《そで》があるドレスとか、ケープがついているドレスにしたいと思っていた。一歩遅れて美佳もドレスを見始めると、すでに紫峰の母はいくつかのドレスを選んで、美佳に見せてきた。その表情はニコニコしている。

「美佳さん、時間がないんだから、どんどん試着していきましょう」

選んできたドレスが積み重なり、小さな山ができている。

どれも、露出の多いものばかり。これから義理の母になる紫峰の母を見て、美佳は嫌とは言えなかった。

「……着てみます」

笑顔でそう答え、試着室へ入る。中に入ってから、ため息をついたのは内緒だけれど。

2

結婚を決めた途端に忙しくなった、と言っていた紫峰には、結納後、本当にぱったり会えなくなってしまった。その代りにメールや電話は頻繁にあって、美佳がドレスの波にもまれた今日も、電話がかかってきていた。

「今日はドレスを決めに行ったんだけど、無理でした」

『どうして？』

「三ヶ嶋さんのお母様が選んでくださるドレス、みんな私には露出度高くて……」

『ドレスって、そういうものだと思ってたけど、違うんだ？』

確かにそういうものですけど、と思いながら自分の体型を気にしている美佳は、少し笑っただけ。

『一日や二日で決まるものでもないし、時間はあまりないけど、気に入ったのを着て欲しい。母には言っておく』

「いいです！　大丈夫！　ちゃんと私が決めるし、大丈夫、本当に」

美佳は焦《あせ》って紫峰に言う。紫峰の母にへそを曲げられてはたまらない。これから長く付き合う人だから上手くやっていきたい、と美佳は電話口で首を振った。

『わかった。挙式用のドレスと、あとはお色直し用のドレス？　ああ、でも、美佳なら着物かな？』

確かにそれも考えたが、美佳は母から言われてやめることにした。

「着物は着ないことにしました。ドレスにします」

『そうなんだ……残念だな。見合いのときに着ていた着物、すごく似合ってたから』

着物は毎日のように着てるじゃない、と母に言われて、美佳はそれもそうだと納得していた。実際、お茶やお花の教室のときには着物を着て出かけることが多いし、いつでも着られるといえば着られる。ドレスを選ぶ母の嬉しそうな顔を見て、美佳は着物を着るのはやめることにした。

「あんな赤い振袖、もう着ませんよ」

『可愛かったよ。着慣れた感じがしたし、姿勢もよくて。食事するときも所作がキレイだった。今時珍しい、と言うのも失礼だけど、僕はすごく感動した』

紫峰はそんな風に初対面のときの自分を見ていたのか、と美佳は、恥ずかしいような、嬉しいような気持ちで、思わず笑みを浮かべる。しかも、可愛い、と言ってくれた。考えてみたら、男性からそう言われたのは初めてなんじゃないか。

「三ヶ嶋さん……、ありがとうございます」

美佳が顔をうつむけてそう言うと、電話口で紫峰は笑っているようだった。

『ねぇ、美佳。そろそろ、三ヶ嶋さんはやめない？　僕は下の名前で呼んでるのに、君は呼んでくれないんだ？』

そうだな、と納得はするが、すぐにはできないと心の中で思った。

『君も、三ヶ嶋さんになるのに』

確かにそうなのだが、紫峰の言葉に心臓がドクンと鳴る。

堤美佳から、三ヶ嶋美佳になる。そして、あのカッコイイ紫峰が、自分の夫になるのだ。

「そ、ですね、はい。わかりました」

言葉に少しだけ詰まりながらそう言うと、紫峰は美佳に言った。

『最近本当に忙しくて、会えないけど、一度くらいは衣装合わせに顔を出すから』

「無理しないでくださいね」

『君と会いたいのに、会えないのってつらい』

自分はこんなことを言われるキャラじゃないのに、と美佳は赤面する。

「もうすぐ結婚式だから、きっと会えるようになります」

『ＳＰの仕事は、予定が変わることが多いから怪しいものだよ。一度君を抱いたから、余計に会いたくなってるのに』

一度君を抱いたから。

結納の日、両親たちの目を盗んで、美佳の部屋で初めてふたりは繋《つな》がった。紫峰は優しく美佳の身体に触れて、熱く愛撫した。美佳は久しぶりの行為で戸惑いが大きかったが、あれこれ悩む暇もないほど紫峰の行為に翻弄された。両親たちに気づかれないように、声を出さないようにと必死で耐えるのが精一杯だった。

「それを言うのは、反則ですよ。お仕事だし、しょうがないです。私も、新しい仕事が入っているし」

新しい仕事、というのは嘘。とっさに言ってしまった。紫峰に会いたい気持ちは美佳も同じだったが、恥ずかしくて早くこの話を終わらせたかった。

『だったら余計に会えないな。明日も早いし、もう寝るよ。おやすみ、美佳』

「おやすみなさい……し、紫峰さん」

紫峰が微かに笑った。そして、おやすみ、と返してくれたあと電話は切れた。

美佳は熱くなった顔をパタパタと手であおぐ。大きく息をついて、カレンダーを見る。

早くドレスを決めなければ。

結婚式は一ヶ月後に迫《せま》っている。

3

しばらくドレスの波と戦っていた美佳は、どうにか自分の希望通りの白いドレスを見つけた。繊細なレースのパゴタスリーブ。腕の動きに合わせてレースの袖《そで》が揺れるそのドレスは露出も少なく、お気に入りの一着だった。紫峰と出会って、なぜか少しずつ痩《や》せてきた美佳は、思っていたよりもワンサイズ小さいドレスを選べた。

ベールは、レース素材のドレスと合わせて、レースの縁どりが施され、ラインストーンがちりばめられたものにした。マリアベールと言うらしい。キレイなベールをかぶると、まるで自分がお姫様になったような気がした。

袖《そで》がないドレスも一応試着してみたが、鏡に映った自分の腕の太さに、美佳はため息をついてやめた。細ければもっとさまになっただろうにと悲しくなった。

紫峰と衣装を選びたかったが、結婚式に合わせて仕事のスケジュールを調整しているらしく、美佳と時間を合わせることができないでいる。

美佳は少し寂しいなと感じた。お互いに準備は着々と進めているけれど、結婚ってこんなものだろうか、と不安を感じる。

「これってきっと、マリッジブルーだ」

ひとりごちて、ため息をつく。仕事はしばらくお休みをすると、出版社に言ってある。そういえばこの前、見合いをしましたよね？　と聞かれて頷《うなず》くと、担当者はにっこり微笑んで了承してくれた。こんなに早くいろいろなことが進むとは思っていなかった美佳は、結納の直前まで仕事に追われていた。なんとか仕上げて超特急でドレスを選びつつ、招待状を作った。一生に一度のことだし、少しでもオリジナルな演出をしたい。そう思いながらも結局、なにもいい案が浮かばず、担当のホテルスタッフに任せることにした。

結局、式の当日まで、紫峰とは会えそうになく、細かいあれこれを話し合うことができていない。美佳がようやく結婚式の衣装を決めた頃には、紫峰はとっくに決めていた。お色直し用のドレスを考えているときにそう聞かされて、男の人はすぐに決められていいなぁ、と思った。紫峰はマットグレーのスーツを着るという。

紫峰とは電話で話すけれど、それ以外はなにもない。

『仕事で会えないけど、結婚式で君がキレイになった姿を見られるから楽しみだよ』

美佳はそれを聞いてまた、ため息をついた。自分なんて本当に平凡な、どこにでもいるような女。だから、紫峰のような素敵な人にそう言われると、本当に自分がどうしてこんなに愛されヒロインのように扱われるのか不思議になる。会えないのは寂しいけれど、紫峰の言葉を聞いて心が満たされた。

出会いから結婚までの期間が短いから、本当にこれでよかったのか、と考えないこともない。これからずっと一緒に生活していく相手を、もう二十九歳だし早く結婚をしないと、と焦《あせ》る思いにまかせて勢いで決めて、うまくやっていけるのだろうか。

もちろん美佳は紫峰に惹《ひ》かれているし、納得して結納をした。だからこそ、紫峰が求めるままに身体を重ねたことを後悔していない。むしろ、それを思い出すと胸が熱くなるくらいだ。

「会えないって、こんなに不安になるんだ。……本当に、私のこと好きなのかな……あの人」

結婚を決めた人だからだろうか。前に付き合っていた人には、こんな感情を抱かなかった。心のどこかで結婚しないだろうと思っていた相手だからか、付き合いの後半の時期に、自分がなにを考えていたかさえ思い出せない。それでも、別れたときは悲しかった。あの悲しみは、もう味わいたくない。

紫峰はこれまで付き合ってきた人とはまったく違い、美佳のことを気に入ってくれて、短期間でプロポーズしてくれた。こんな経験、初めてだ。その気もなかった縁談で出会った、思いもかけないくらい素敵な人。まさか自分を選んでくれるとは思わなかった。

ため息が出るのは、きっとマリッジブルーのせいだと美佳は自分に言い聞かせる。

4

「お前、本当に……結婚するんだなぁ」

紫峰は職場で招待状を渡した同期の松方に、しみじみとそう言われた。松方はその場で招待状の封を開き、中身を確認して何度も瞬《まばた》きをしている。

「へえ……いいところで結婚式挙げるんですねぇ、三ヶ嶋さん」

部下の坂野が招待状をじっと見る。

「ふたりとも、信じられないとでも言いたいのか？」

パソコンに向かいながらそう言うと、いいえ、と言ったのは坂野だった。

「三ヶ嶋さんって、カッコイイのにその年まで独身だったから……結婚に興味がないのかと思っていました」

部下の坂野が、係長は選り好みしてんのよ、と自分のことを陰で言っていたのを紫峰は知っている。部下のそういうところはお見通しだ。別に選り好みしていたわけではなく、ただ単に仕事をしていたらこんな年になっただけ。これまで付き合ってきた女性との結婚を意識したことはなく、なんとなく別れた相手もいる。けれど、最近まで付き合っていた彼女とは、いい加減結婚をしなければ、と意識はしていた。同い年で、大学時代からの知り合い。洗練された美人な警察官のキャリアだった。

「三ヶ嶋って、直感で結婚なんか決めそうにないけどなぁ。じっくり付き合って相手のいいところも悪いところも認めて納得してから決める、って感じ？」

さすが長年の付き合い。松方は紫峰のことをよくわかっている。

美佳と結婚する直前まで付き合っていた瞳子のことは、すべてを認めて納得していた。だからこそ結婚を考えていたし、見合いの前だって、きちんとそう伝えていた。瞳子こそ、これから先の未来を一緒に歩いていく相手だと、紫峰自身も思っていた。

「でも、いきなりだもんなぁ……。そんなによかったか？　この、堤美佳さん？」

紫峰がしたくもなかった見合いで感じたのは、この人と結婚するのかもしれないという予感。かもしれないは、結婚したいに変わっていき、瞳子と別れることにした。自分でも酷《ひど》いことをしたと思っている。二年も付き合って、結婚を考えていると言っておきながら、見合い相手と結婚するから別れてくれ、だ。

「よくなかったら結婚しないだろう」

淡々と答えると、松方がため息をついた。美佳のどこがいいのかなんて一言では言えない。雰囲気も、笑顔もとても惹《ひ》かれるものがあって、ずっと一緒にいたいと思った。

松方のため息の理由もよくわかるが、紫峰は放っておいた。

「キレイな人ですか？　三ヶ嶋さんの彼女ってそんな気がします」

坂野の質問に、厳密に言うと、彼女ではないのだが、と思いながら紫峰はまた大きく息を吐く。

「答える必要はあるか？」

「聞いてみたいだけですよ。こんなこと、確かに上司に聞くのは失礼かな、とは思いますけど……。なんとなく、スタイリッシュな美人かなぁ、と」

二年間付き合った彼女はその部類だったと思う。

「普通だよ。しいて言うなら古風な人。茶道と華道の名取《なとり》で、着物がよく似合う」

紫峰は画面上の文書をチェックして、印刷ボタンをクリックした。顔を上げると、黙って仕事をしていた大橋までがこちらをじっと見ている。

「なんだ？」

いえ、と先に声を出したのは坂野だった。

「お嬢様、ですか？　話を聞いてると、そんな感じが否めないんですけど」

先ほどから自分の話を聞いていなかったのか、と思いながら紫峰はその言葉を呑み込んだ。

「だから、普通の人。お嬢様でもなんでもない」

まさか部下達に、こんな根掘り葉掘り聞かれるとは思わなかった。ため息をついて、プリントアウトした書類を手にとり、確認をし始める。書類作成の仕事は難なく終わったが、結婚式間近だというのに厄介な警護対象者の護衛の仕事はなかなか片付かない。

最近ずっとテレビに出たり、選挙活動をしている元大臣。辞任後に人気は下降したものの、まだ議員バッジはつけている。その人物が、地方行脚《あんぎゃ》だと言って、遠くは沖縄まで行くと言い出したので、それに同行させられていた。

「結婚式まで、あと二週間……って、こんな時期にならないと招待状って準備しないものだっけ？」

「そんなものじゃないだろうな。お前に渡したのが遅かっただけ。勤務は調整してやるから」

「他部署の奴には早く配ってんのかよ？」

「ひと月前には渡した。ウチの係の仕事がどうなるかわからなかったから、お前にはなかなか渡せなかったんだ」

なんだよ、とため息をついてあまりいい顔をしない松方の横で、いいなぁ、と言うのは坂野。

「私も呼ばれたかったですよ。結婚式って、自分はしなくても見るのは好きなんですよね。こんな仕事をしているから、男には結構奇異な目で見られがちなんですけど、私だって人並みに結婚式には憧れを持っています」

係長の奥さん見たいし、と小声でつけ加えた坂野の言葉には答えず、紫峰は書類に印鑑を押した。

「どんな人ですか？　詳細を聞きたいですね」

どんな人ですか、と聞かれるのは何度目だろう。次の書類にかかりたいのに、と思いながら一応答えてやった。

「……だから、本当に普通の人。別に美人でもないし、背も百五十センチ台と小さめ。スレンダーというタイプでもない、普通の体型の女性だ」

美佳を一言で表せと言われたら、普通という言葉が当てはまる。

別に美人でもなく、痩《や》せているわけでもない。けれど、可愛い顔をしているし、抱きしめると感触が心地いい。百七十九センチの紫峰とでは、ずいぶん身長差もあるけれど、腕の中にすっぽり納まるちょうどいい大きさだ。この前まで付き合っていた彼女は長身で、キスがしやすいところが気に入っていた。けれどキスをするとき、美佳が少し背伸びをする仕草も可愛い。

「坂野、さっきからお喋りばかりだが、自分の仕事は終わったのか？　喋ってばかりいるだけなら、勤務態度評価にそう書くしかないが」

「て、手は動かしてます」

「だったらいい。松方もいつまでも招待状を眺《なが》めてないで、報告書を書けよ。お前が一番手を動かしてない」

松方を見て言うと、招待状を置いて座り直し、わかりました、と言った。同期が部下だというだけでもやりにくいのに、松方はいつもこの調子。上司からの評価があまり高くない彼に、紫峰はいつも頭を悩ませていた。もっと僕にいいことを言わせてくれよ、といつも紫峰は松方に対して心の中で思っている。

「俺も見てみたいです、三ヶ嶋さんの奥さんになる人。報告書でき上がりました。よかったら写真でもいいので見せてください。っていうか結婚式に俺も呼んでください」

笑みを浮かべながら大橋が報告書を持ってくる。

「呼ぶのは松方だけだ。第四係が手薄になるだろう。写真は無理だな、僕だって持ってない」

「奥さんになる人なのに、ですか？　俺、彼女の写真、絶対写メりますよ？　三ヶ嶋さんも写メってくればいいですよ」

確かに写真のひとつも持ってないのは珍しいのかもしれない。美佳と紫峰は出会って間もなく結婚を決めたし、結納後は忙しくて会う暇もないから、なかなか撮るチャンスがなかった。会えない分、できるだけメールと電話は欠かさないようにしているけれど。

「言うことはよくわかった。暇なのか？　大橋」

「俺ですか？　はい、暇になりました」

大橋はヘラッと笑って見せた。黙っていればいい男なのに、と紫峰は思う。

「そうか。だったらトレーニングでもしてこい。まだマルタイに会うまで時間がある。ずっとここで座って、携帯でもいじるのか？　そんなことしていたら、お前の勤務態度も評価を下げるが」

パチパチ、と大橋は何度か瞬《まばた》きをしたあと、小さくはい、と答えて自分のデスクに戻って、またデスクワークを始めた。

視線を巡らせると、坂野と松方が紫峰の方を見ている。

「なにか言いたいことでも？」

紫峰が言うと、坂野は首を振った。松方は、声を出して笑う。

「いやぁ、松井はいつ戻ってくるのかなぁ、って」

「一週間第二係だと言っただろう？　なにを聞いてるんだ」

いつもこうだ、と思いながら紫峰はパソコンに文字を打ち込む。

第四係は個性が強い。坂野はひとりでいるときには真面目だが、松方や大橋と一緒になると、それに引きずられてしまうのが玉に瑕《きず》。松方も大橋も決して不真面目というわけではないが、協調性に欠けている。みんなそれぞれに優秀なのだが、誤解されやすいところのある厄介な連中だ。

そこまで考えたところで、紫峰は大橋の言葉を思い出した。美佳の写真。

紫峰だって写真くらいあってもいいと思うが、なによりも当の美佳と会った回数自体、それほど多くない。さっきはどんな人ですか、と聞かれて普通の人と表現したけれど、まだ知らない部分も多い。

こんなに知らないことだらけの相手と、どうして結婚を決めたのか、と紫峰はいつも自問する。

美佳の笑うと目が細くなって可愛いところや、着物姿、ひとつひとつの仕草や話す速度も気に入っている。会うたびに、不思議と惹《ひ》かれる自分がいた。なにより、美佳といるとすごく落ち着く。沈黙の時間や、たまに合う視線や、そんな些細なことが紫峰の心を騒がせる。

紫峰が結婚を決めたのは、美佳とずっと一緒にいたいと思ったから。好きだから。それ以外はないと思う。

考えてみれば、二年付き合った彼女とは、美佳といるときのように気分が落ち着くことはなかった。今となっては、恋人同士の行為自体も、あるべき当たり前の行為だし、と欲求とは別のところで考えてしていたのかもしれない。

結納の日、一度だけ美佳と抱き合った。自分が急に言い出した誘いを、嫌がられなかったことに紫峰は本当に安堵《あんど》した。安心感からか、美佳の身体を激しく求めてしまった。それ以来、紫峰は美佳が恋しくてしょうがなくない。会えないせいか、最近は、そんなことばかり考えてしまう。

美佳の柔らかい胸の感触も、紫峰を締《し》めつける中も、背にまわした腕も、そして耐えるように声を抑える仕草も、すべてが恋しくて仕方ない。

仕事中なのにこんなことを思い出してしまい、紫峰は慌てて目の前のパソコンに集中する。

このモヤモヤを抱えたまま結婚式まで我慢できるのか、と自分で自分が不安になった。

けれど紫峰のスケジュールは詰まっていて、美佳に会いたいとは思ってもきっとそれは叶わない。というか、最近は満足に家に帰ってさえいない。

「新居って、もう住んでるのか？」

おとなしく机に向かっているかと思っていた松方は、さっそく招待状の返事を書いていた。出席に丸をつけて、紫峰に手渡す。なにも今しなくてもいいのに、と紫峰は思ったが、仕方なく受けとる。

「まだふたりとも荷物を運んだだけだ」

その荷物の中には新しく買ったダブルベッドがある。美佳もすでにそれを見たらしく、新婚って感じがします、とメールを打ってきた。

紫峰は最初ツインベッドにしようかと思っていたが、美佳がダブルベッドにしようと言ったから、それに従った。なんでも美佳の希望は叶えてやりたい。

「三ヶ嶋、結婚するって感じじゃないよなぁ、本当に」

そう言って仕事の準備をする松方を見ても、紫峰はなにも言わなかった。

紫峰も内心、そうだと思っていたから。

結婚式が間近なのに、仕事で会えない紫峰のことを、美佳はどう思って過ごしているのだろうか。

紫峰は初めて、警察官という融通のきかない仕事を恨んだ。

「今日も例の警護対象でしょうけど、またいきなりどこかに行くとか言ったりしないでしょうか？

そうなったらかなり迷惑ですね」

坂野がそう言うのを聞いて、ため息をついた。

「昨日のキャバクラには、俺も入ってみたかったですけどね」

調子よく大橋が言ったのに対して、のってきたのは松方だった。

「あ、俺も！　離婚して女っ気なくってさ！」

笑いながら話すふたりに、紫峰は軽く苛ついた。

「ふたりとも、そんなこと話して……でも、私もちょっと興味あるかな？」

それに参加する坂野は、明らかに感化されてきている。

三人のやりとりにますます苛つきが増して、紫峰は席を立った。先程作成した書類の束をまるめて棒状にしたものを手に、三人の方へ歩み寄る。それぞれの頭を書類で叩いて、紫峰は腕を組んだ。

「キャバクラ通いは、仕事が終わってからにしろ。仕事から外すぞ、お前たち」

松方が痛いぜ、と言って紫峰を見る。

「俺、離婚して女いないし、ちょっと冗談を言っただけじゃんかよ」

「離婚したのはお前の責任だろう？　黙って仕事しろ、バツイチが。お前はキャバクラより風俗だろ？」

酷《ひど》い、と言ってうなだれる松方から、大橋に目を移す。

「大橋、お前は、仕事よりもキャバクラが気になるか？　女にうつつを抜かしてマルタイを守れないようなことがあったら、よくて降格、最悪クビもありうるんだぞ」

大橋は端整なその顔を歪ませて紫峰を見る。

「坂野、真面目で勤務態度も抜群だと思っていたが、その評価をくつがえしていいんだな？」

坂野はマジな顔になって首を振る。

「とにかく、黙って仕事しろ。仕事がはかどらないのが、一番嫌いだ」

デスクに座って、あたりを見渡す。

黙々と仕事をしている三人を見て、ようやく静かになったと紫峰は満足した。

第四係のメンバーがもう少しきびき仕事をこなしてくれたら、もっと美佳に会う時間を作れたんじゃないか、と、そんな気すらしてきて紫峰はうんざりする。

5

お色直しのドレスが決まったとき、これでどうにか結婚式ができるのだ、と思い、美佳は心底ほっとした。式まであと二週間もない。

当日の靴を決め、アクセサリーも決まった。マリアベールに合わせて、髪にはドレスの色と同じ小さな花をつけることにした。

お色直しのドレスはブルーグリーンのもの。本当は露出を少なくしたかったのだが、勧《すす》められたのは背中が大胆に開いたものだった。

『結婚式は清楚に肌を隠していますし、背中がキレイで色白なので、思い切って背中を見せたらどうでしょう』

そう言って持ってこられたのはオーガンジーを幾重にも重ねたような、ふわりとしたドレス。大きく開いた背中のカット、周りには同色のバラがちりばめられており、トレーンのような大きなリボンもついている。スカートのうしろの部分も一部はレース仕様だ。

『美佳さん、いいと思うわ。確かにあなた色が白いし、背中もキレイだもの。太ってる？　とんでもない、普通よ。最近痩《や》せたから』

紫峰の母に言われて、勧《すす》められるままに腕も背中も露出するようなドレスを着ることになってしまった。それだけでもため息ものなのに、最近は紫峰からの電話もぱったりこない。メールだけはくるので、いつもそれに応えるだけのやりとり。そのメールの内容で、紫峰は仕事で北海道にいるのだとわかった。

紫峰は本当に忙しいのだ、と美佳は最近いつも実感する。声を聞かなくなって一週間と少し。もう結婚式は翌日、というそのときまで紫峰は仕事をしているらしい。式の衣装はすでに決まっている、と聞いていたから当日はなにも問題ないだろうけれど、美佳は少し不安になる。

結婚をする人。これから人生を歩んでいく人。

本当にこれでいいのか、と美佳は何度も考えた。紫峰は優しい。確かに会えないのは寂しいけれど、こんなに素敵で優しい人にはもう会えない気がする。声も好きだし、スタイルもいい。ただ、それだけで決めてしまっていいものなのか。

お見合いなんて人生の賭けよ、と言ったのは母。母も見合い結婚だった。娘には恋愛結婚をして欲しいと思っていたらしいが、今は母が誰よりも紫峰を気に入っている。

人生の賭けに、美佳は勝つことができるのか。紫峰がどんな人か、まだよくわからないのに、人生を賭けていいのだろうか。美佳の中でいくら考えてみても、答えなんか出ない。

結婚式は明日に迫《せま》っていた。紫峰からの電話はない。

ブライダルエステに通い、全身ピカピカに磨き上げられた美佳の身体。もう、あとには引けないところまできているのに、美佳は結婚したくない気持ちになっていく。

どれだけ自分は愛されヒロインなのだろう、と思うくらい紫峰は言葉をくれる。けれど、こんな大事な時期に会えない時間が続くと、少し不安になってくる。

もう明日は結婚式だから寝よう、と美佳は思い直してベッドに入ったが、すぐには眠れなかった。

結局、美佳が眠りに就いたのは、夜中になる頃だった。

6

結婚式は十一時開始。最低でも二時間前にはきて欲しいと言われていた。

美佳は白で統一された清潔な部屋に通され、準備を始めていた。美容スタッフがすでに待機していて、美佳が行くとまず髪の毛を整えてくれる。化粧もキレイにされて、いつもとはまったく違う自分になった気がした。そしてドレスに袖《そで》を通す。

「少し、詰めた方がいいようですね……痩《や》せられましたか？」

「え？　そんなことは……」

試着したときはぴったりだったのに、と思いながらも、美佳は確かにウエストの辺りにかなり余裕を感じていた。なぜか紫峰と出会ってから痩せていく。どこか病気だろうか、と思いながら友人に話したら、恋の病と勝手に診断をされた。恋の病、と呼べるほど紫峰に感情が向いているわけではないのに、と思いながらも、それでも時間が経つにつれて次第に紫峰に惹《ひ》かれているのも事実だ。

白いドレスをピンで留め、再度椅子に座る。当初の予定通り小さな花を髪全体に飾って、最後にベールを被《かぶ》せられる。鏡の中の美佳は、どこからどう見てもキレイな花嫁になっていた。こんなにキレイになれるのか、と自分で自分に驚く。マスカラを塗った睫毛《まつげ》はキレイにカールしているし、エステに通った肌は輝いている。

最後に手袋をはめて、控室で待つように言われた。用意だけで一時間半以上かかっていた。スタッフが部屋から出ていくと、美佳もひとつため息をついて控室に向かう。控室のインターホンが鳴り、美佳の母が入ってくる。

「美佳、キレイよ。これで肩の荷が下りるわ」

美佳のベールに触れて、母がにこりと笑う。結局、美佳は結納後まったく紫峰に会えなかった。不安な気持ちもあるが、ここまできたからには、もうあとには引けない。

「お母さん、ありがとう。お世話になりました」

美佳が頭を下げると、母は首を振って本当に嬉しそうに笑っていた。それを見ていたら、涙が込み上げてきたが、ぐっと我慢した。

「三ヶ嶋さんも用意できてたわよ。すごく素敵だった。よかったわね、美佳。あんなに素敵で立派な旦那様で」

美佳は少しだけ笑った。素敵で立派な旦那様。確かに紫峰はそうだろう。

「そうね。私、ラッキーかも」

そうして笑ったものの、美佳は心の中ではため息をついていた。

もし紫峰に結納後一度でも会えていたなら、美佳はこんな思いを抱えてはいなかったのかもしれない。本当に仕事だったのか、と変な想像をしないわけではなかった。紫峰は見合いのときに、首筋にキスマークをつけていたから。その人と結局別れられなくて、今日まできていないだろうか、と不安が拭えなかった。

インターホンが鳴って、今度は母がドアを開ける。母は顔をほころばせて相手を中に招き入れた。

「あ……」

美佳が立ち上がると、相手は何度も瞬《まばた》きをしてこちらを見ている。そして笑顔を向けて、美佳のすぐそばまでくる。

「美佳、驚いた。すごくキレイ。……少し痩《や》せた？」

紫峰から聞かれて頷《うなず》くと、気を遣ってくれたのかなんなのか、母は控室から出て行った。

改めて紫峰を見ると、やや光沢のある、マットグレーのスーツを着こなしている。美佳は小さく息を吐いた。紫峰を見るとドキドキする。

この人が自分の夫になるのだと思うと、それだけで美佳は今までの不安を忘れてしまっていた。

「美佳、ダイエット禁止」

「は？」

「痩《や》せなくても、可愛いのに。もうこれ以上痩せないで」

そう言って紫峰は美佳の頬に触れて、笑みを向ける。痩せなくても可愛いなど、美佳は今まで言われたことはなかった。

「太ってた方がよかったですか？」

「美佳は、太ってないと思う。最初から」

普通だと思うよ、と言って紫峰は美佳のベールに触る。

「今まで会えなくて本当にごめん。最近は電話もしていなかったから、不安だった。君はきちんと僕と結婚してくれるだろうか、って」

目の前の素敵な紫峰が、ため息をつく。

思いは同じだったのだろうか、と美佳は思う。美佳が感じていたことを、紫峰も感じていたのか、と。

「式が終わったら、籍を入れに行こう。美佳がよければ」

紫峰は美佳をじっと見ている。答えを待っているようだった。

美佳はすぐに答えなかった。その沈黙が、紫峰の目を伏《ふ》せさせた。こんな顔をするのは美佳の前でだけだろうか？　本当にこの人と結婚していいだろうか？

けれど、ここまできて結婚しないとは美佳も言わない。

「紫峰さんは、私と結婚するの嬉しい？　幸せ？」

「もちろん」

即答した紫峰は、美佳の頬に触れて優しく笑った。

「結婚前に会えなくて、寂しかったです。紫峰さんは？」

「寂しいどころじゃなかったよ。仕事を恨んだし、僕が美佳を望んでいても、美佳はそうじゃないのかもしれないとか、本当にいろいろ不安になった。……今も、籍を入れに行こうと言ったのに、返事をくれないから、内心焦《あせ》ってる」

紫峰はストレートで素直な人。そして優しくて、しっかりと自分を持って、きちんと仕事も真面目にしている。おまけに目の前の紫峰は、いつもの倍カッコイイ。こんな人が自分の返事ひとつで焦るなんて信じられない、と思いながら美佳は紫峰に笑みを向ける。

きっと大丈夫。この人とだったら幸せになれる、と改めて思った。

「籍、入れに行くの、楽しみです」

紫峰の表情がホッとしたものに変わる。そして、大きく息を吐いた。

「よかった。ありがとう」

嬉しそうな笑みを美佳に向けたところで、またインターホンが鳴った。紫峰がそれに出ると、ホテルのスタッフが式の時間なので用意して欲しい、と言っているのが聞こえた。わかりました、と答えて、紫峰が美佳の方を振り向く。

「美佳、あとで」

紫峰は美佳の手をとり、一度繋《つな》いで軽く握る。そうして離したあと、一度微笑んで背を向けてドアから出ていく。美佳も控室を出て、チャペルへ向かった。うしろが長いドレスなので、歩くたびに重さを感じる。

到着したチャペルのドアの前。美佳には父がいないので、代わりに紫峰の父が父親役をすると申し出てくれた。

「キレイだね、美佳さん」

「ありがとうございます。すみません、父親役なんてお願いしてしまって」

美佳が言うと、紫峰の父、峰生が首を振る。

「堤さんが本当はこうしたかっただろうけどね。美佳さん、結婚が眼中になかったウチの次男に、結婚を決意させてくれてありがとう」

「そんなこと……」

「私は、紫峰が一番心配だ。上の息子と下の息子は、キャリアだから多分命の心配は少ないと思うが、紫峰はSPだからね。現場に出たいと言ってノンキャリアの道を選んだ紫峰を、私は誇らしく思っている。でも、どんな年になっても、息子は息子で、危険な仕事についていると心配なことも多い。君のお父さんのことは私も残念に思っている」

美佳の父は警察官だった。事件の現場で、銃で撃たれて亡くなった。亡くなったあとは階級が上に上がって、それで終わり。もちろん犯人は警察官を殺した、ということで重い罪に問われたけど、やるせない思いが家族には残った。

「あいつをそばで、支えてやって欲しい」

峰生が父親の顔をしていた。美佳は子供の親になったことはないが、この表情はよくわかる。息子を本当に心配して、愛している顔だと。

「はい」

返事をすると、すぐに扉が開く。

バージンロードの両脇には多くの参列者。みんなこちらを見ていた。美佳は少しだけ顔を伏《ふ》せて、また上げる。

その視線の先にいる紫峰は、美佳をまっすぐに見て待ってくれていた。

美佳はバージンロードを歩き、紫峰のもとへ近づく。

紫峰の手と自分の手を重ねると、本当にこの人と、これからの人生を歩いて行くのだと、美佳は実感した。

緊張していた美佳は、牧師の言うことなんか耳に入らなくて、誓いの言葉をいろいろと言われたあと、慌てて返事をした。少し上ずった声になってしまい、それがとても恥ずかしかった。紫峰はどう思っているだろう、と思って彼の顔を見る。美佳の視線に気づいた紫峰は、美佳に微笑んだ。

指輪の交換を告げられて、紫峰が美佳の手袋をとる。初めて見るピローの上にのせられた指輪は、八角形をしていた。シンプルでどこかお洒落《しゃれ》だ。一粒だけの小さなダイヤモンドが光っている。美佳の指に紫峰がはめたあと、今度は美佳から紫峰の左手の薬指に同様に着けると、彼は自分の左手の薬指と美佳を見てまた微笑んだ。

「誓いのキスを」

打ち合わせ通り、頬にキスをされて、本当に結婚したのだと実感がわいてきた。迷いながらの結婚だったけれど、きっと幸せになれる、と思った。会えなかった期間もあったし、スピード婚という流行にのっかる形になったけれど、そんなことはどうでもいい。

美佳は紫峰に望まれたのだ。だからこんなに早く結婚をしたのだと、自分に言い聞かせた。

紫峰の父親にもよろしく、と。そばで支えてやって欲しい、と言われた。穏やかで優しい紫峰の父を見て、きっと穏やかな結婚生活を送れる、と美佳は思った。仕事はやめなくてもいい、むしろ続けて欲しい、とまで言ってくれた紫峰。こんなに自分に合った条件の人も、こんなに素敵でカッコイイ人も、この先絶対現れない。

きっと、絶対に、好きになれるはず。ずっと愛していけるだろう、と美佳は強く感じていた。

7

披露宴を終えて控え室に戻り、美佳は躊躇《ためら》いながらもブルーグリーンのドレスに着替えた。うしろが腰のあたりまで開いているので、下着はそれに合わせてヌーブラを着用した。髪の毛は同じ色の小さな花で飾り、リボンと真珠の飾りをつけている。自分で決めたものながら、派手だなぁ、と鏡を見て笑った。

こんなドレスを着て、周りがどんな反応をするだろう、紫峰はどう思うだろうかと美佳は少し心配になった。彼は太ってないと言ってくれたが、これだけ露出したドレスを着ていると不安になる。少し重い気分で控室を出て、写真撮影に向かう。控室を出ると、紫峰はすでに着替えて美佳を待っていた様子だった。

「制服？　……そういえば、言ってましたね」

メールでお色直しのときは警察官の制服を着ると言っていた。けれど、美佳は自分のことでいっぱいで、そのことをすっかり忘れていた。

ネイビーカラーの制服にきちんとネクタイを締《し》め、上着には階級章もつけている。その制服は、紫峰によく似合っていた。美佳は制服なんて見たことがなかったから、やけにドキドキしてしまう。

「美佳のドレス、すごい。背中が見えてるし」

「でしょう？　なんか、恥ずかしい。紫峰さんのお母さんが勧《すす》めてくださったんです。それに、ホテルのスタッフの方にも、ドレスなんだから背中を出してもおかしくない、って背中を押していただいて。変ですか？」

美佳が言うと、紫峰は微笑んで首を振る。そして背中にそっと手をまわし、美佳の耳元で小さく言った。

「悩殺される。このまま会場に行きたくないな」

うしろでカシャリと音がして、写真を撮られたのだとわかる。

「いい表情だったので」

カメラマンがにこりと笑って紫峰と美佳を見た。

美佳は改めて紫峰の全身を見た。もともと紫峰の顔はどこか育ちがよさそうな、上品な感じで整っている。髪の毛も目も真っ黒で、それがとても好印象だった。すらりと背も高い紫峰がきっちりと制服をまとう姿は、本当にカッコイイ。

写真を撮りに外へ向かう途中、美佳は気になってずっと紫峰のことをチラチラ見ては見惚れていた。

「美佳?」

紫峰がこちらを見て、どうかしたのか、という表情を向けた。美佳は一度、なんでもないの、という合図に首を振る。でも、きちんと今の気持ちを伝えたくて、ふたたび紫峰を見上げて言った。

「紫峰さん、素敵です。制服姿に悩殺されます」

美佳が言うと紫峰が声を出して笑った。彼のこういう表情を見たのは、美佳は初めてだった。

そうして思い出したのは、美佳の部屋で紫峰と抱き合ったときのこと。

この悩殺されるくらいカッコイイ紫峰が美佳の上で腰を使って、目を閉じて感じていたことを思い出す。たった一度だけのことだったが、それが妙にリアルに思い出されて焦《あせ》る。制服姿の紫峰と、このままの格好でそうなることを想像してしまった。

だめだ、と美佳は首を振る。

「美佳？」

なんだか本当に不謹慎なことを考えてしまったように思えて、美佳は紫峰の顔が上手く見られなかった。

けれど、制服姿の紫峰を見ると、それぱかりが頭の中でチラつく。自分でも欲求不満なのか、と思うほどだったので、美佳はそのあと、紫峰を極力見ないように心がけた。

写真を撮る間も気になって、思わず美佳は伏し目がちになってしまった。紫峰がその美佳に視線を合わせようとしたり、うつむく姿をじっと見ていたり、という写真が、あとから見たら数枚残っていた。なんだか雰囲気のある写真だと周囲の人から言われて、これはこれでよかったのかな、と美佳はひとり嬉しいため息をついた。

写真を撮ったあとは、披露宴会場に向かった。

友人も姉ふたりも、親族も祝福してくれた。紫峰側の参列者は、彼の兄弟《きょうだい》も、その友人や紫峰が世話になった人たちも、警察官僚ばかりだった。紫峰の従妹と紹介された女性もそうだった。

紫峰が父親や兄弟や親しい仕事仲間と話している間、美佳は紫峰の友人の松方と少しだけ話す機会があった。

「三ヶ嶋が選んだ人って、どんな人か見たかったんだよね」

にこりと笑って話すその人は、紫峰よりも背が高くて、がっちりした体型。少し垂れ目気味で、大型犬のような人懐っこい感じだ。紫峰の部下だと言っていたから、この人もＳＰなのだろう。

「三ヶ嶋は普通の人と言ってたけど、すごくカワイイ人じゃないか」

松方の言葉にうまく返せなくて、美佳は目を伏《ふ》せて笑うしかなかった。

「おまけに色白で、背中もキレイだし、俺はとくに上半身に惹《ひ》かれるかな」

物言いがストレートだな、と思って美佳は苦笑した。やや太っているからというのもあるだろうが、美佳の胸は確かに大きい。面と向かってそう言われると、少し嫌な気分になることもあるのだが、苦笑した美佳に眉を上げて笑った彼の表情には、どこか好感がもてた。

「それにホッとする感じで……三ヶ嶋が彼女を振ってまでも好きになった相手って、こんな人なんだなぁ」

美佳はひとつ瞬《まばた》きをして松方を見る。

見合いをしたとき、紫峰の首についていたキスマーク。

「すみません、こんな人で」

努めて笑って言うと、松方は、あ、と言って首を振る。

「いや、君のことを悪く言うつもりはまったくなかった。ああ、ゴメン、本当に」

「いいえ。私、本当に普通だから。紫峰さんカッコイイから、隣にいて恐縮します」

「……三ヶ嶋は、警察学校のときからの付き合いだけど、その頃からモテてた。あの容姿だし、頭もよくて、SPとしても優秀。出世はしたくないと言っていたけれど、実際はもう警部だしな」

そう言って肩をすくめる松方を見る。美佳には階級のことはよくわからないから、頷《うなず》くことしかできない。けれど、松方の口ぶりでは、紫峰の年齢で警部という階級にいるのは、結構いい方なのだろう。

「紫峰さんは、この間まで付き合っていた人が……いたんですか？」

美佳がそう聞くと、松方は微妙な顔をした。この人は、嘘がつけないらしい。付き合っていた人がいただろうことは予想していたから、さして驚かなかった。

「どんな人ですか？」

美佳は密かに興味を持っていた。そして今でも疑問に思うのだ。どうしてその人ではなく、自分を選んでくれたのかということを。

「……言ったら、三ヶ嶋に殺されると思うけど……」

「そのときは私がとめますね」

美佳が笑ってそう言うと、松方はため息をついて話し始めた。

「中村瞳子っていうんだ。すごく美人でスタイルもいい、仕事ができるバリバリのキャリア」

ナカムラトウコ、という名の響きにリアルさを感じる。すごく美人でスタイルもいい、と聞き、美佳の疑問はますます深くなった。

どんな男性でも、キレイな女性がいいに決まっているのに、紫峰はなぜ自分を選んだのか。

「でも、その彼女と別れてまで結婚することを決めたんだから、その、君のことが本当に好きなんだと思う」

美佳を気遣うように、松方はそう言った。

「紫峰さんは、その人と結婚は考えていたんですか？」

「さぁ、どうだろう。俺にはわからないけど……というか、俺は三ヶ嶋から結婚すると聞いたとき、てっきり中村とするんだと思ってた。でも違う人だったから、すごく興味があったんだ。三ヶ嶋は真面目だし、だからなんというか……いや、すみません。せっかくの祝いの席なのに、こんな話はするべきじゃないな」

申し訳なさそうに頭を下げた松方は、はにかんだ笑みを浮かべてもう一度謝った。そしてすごすごと自分の席に戻って行って、もう美佳の方を見ようとはしなかった。確かにこんなときにする話ではなかっただろう。こちらを見ないのは、松方なりの反省かもしれない。

紫峰を見ると、まださっきのメンバーに囲まれて話し込んでいた。

さっき本人にも言った通り、制服姿の紫峰は悩殺されそうにカッコイイ。

こんな人の隣に、これまで誰もいい人がいなかったわけはない。そんな紫峰が、たまたまお見合いの席で出会った美佳と、こんなスピード婚を決めた。その陰で泣いた人がいるという事実に少し胸が痛む。その相手は、美人でスタイルもよくて、仕事もできるような人。美佳とは正反対の人。

松方の言う通り、結婚式の場で、こんなことを考えるべきではないかもしれないと思いながらも、美佳は改めてどうしてこの人は自分と結婚しようと思ったのだろう、とまた考える。

話を終えたらしい紫峰が、美佳を見つけて笑みを投げかける。

美佳もそれに応えるように微笑み、少し目を伏《ふ》せた。

『式が終わったら、籍を入れに行こう。美佳がよければ』

『寂しいどころじゃなかったよ。仕事を恨んだし、美佳を僕が望んでも、美佳はそうじゃないのかもしれないとか。本当にいろいろ……』

挙式の前に紫峰が言った言葉を思い出し、美佳は自分に大丈夫、と言い聞かせる。

紫峰は美佳を選んで、今日この場に立っているのだから、と。

8

披露宴のあと、小さな菓子を配りながら、ふたりは招待客たちを見送った。最後の招待客が見えなくなって、ようやくホッとする。

最初は躊躇《ためら》いながら着たドレスだったけれど、美佳は脱ぐのが惜しくなっていた。ドレスを着ていると、まるで魔法にかかったような気持ちになる。露出している部分が多いのはやはり恥ずかしいけれど、もう少しこのままでいたいような微妙な気分。

「ようやく落ち着いたな」

深く息を吐く紫峰を見上げると、ネクタイを緩めたいのか、首元に手をやっている。

「これで二次会があったら、気づまりするところだった」

美佳を見てそう言ったので、同意した。美佳は久しぶりに会った友人達とまた交流することができて嬉しかったが、紫峰は家族ぐるみで付き合いのある官僚たちに囲まれ、ずいぶん窮屈そうだった。あの状態が長時間続くのは、確かに紫峰がかわいそうだ。

写真は撮り終えているし、あとはドレスを脱いで帰るだけ。

「今日は、新居に帰るんですよね？」

一応美佳が聞いてみると、紫峰は首を振った。

「スイートルームを予約してあるから、今日は泊まろう」

スイートルームと聞いて、美佳は少し驚いた。普通の部屋でもある程度の値段はするであろうこのホテルの、スイートは如何ばかりの値段か。

「このまま、明日もゆっくりしよう」

紫峰から言われて、美佳は笑顔で頷《うなず》いた。

笑顔で応えながらも、先ほどの松方から聞いた言葉が脳裏をよぎる。

紫峰に恋人がいたのは過去のこと。今はきっと美佳だけを見てくれているはず、と頭の中で渦巻いている考えを打ち消した。

今晩はふたりきりの時間を思い切り満喫しよう、と美佳は思い直す。

「では、新婦様はこちらへいらしてください」

「え？　あの？」

ホテルのスタッフに手を引かれて歩きながら、紫峰の方を振り返る。

「控室ででき上がりを待ってるから」

紫峰は美佳に、にこりと笑って手を振った。あとはドレスを脱ぐだけなのに、でき上がりってなんだ？　と美佳は首を傾げる。

連れて行かれたのは、衣装の支度をする部屋。そこには一着の振袖がかかっていた。柄は黒地に大きな牡丹の柄がちりばめられたもの。

「ドレスを脱がれたら、下着だけ着てお待ちください」

「え？　これは？」

「新郎様が用意されたものです。披露宴のあとで着替えられるよう準備をするようにと承《うけたまわ》っておりましたが……ご存知ありませんでしたか？」

「……はい」

「じゃあ、サプライズですね」

ふふ、と笑うホテルのスタッフたちは美佳に早くドレスを脱ぐように促す。そして着物用の下着を着た美佳は、さっさと襦袢《じゅばん》を着せられて、そして着物を着つけられる。用意されていた着物は引き振袖で、帯は古典柄の鶴に菊。その組み合わせは、着物を着なれた美佳にもセンスがいいな、と思わせるものだった。

「これは、その、夫が選んだものですか？」

夫、と初めて口にして美佳は、まだ籍も入れていないのに、と自分で自分にツッコミを入れて少し照れる。

「そうですね。こちらのアドバイスもお伝えしながら決めていただきました。着物が似合う、古風さも持ち合わせた可愛い人だと、おっしゃっていましたよ。花嫁様なので赤もお勧《すす》めしたのですが、赤はお見合いのときに着ていらしたんでしょう？」

「ええ」

「ですから、黒をお勧めしました。着物の柄がモダンなので、帯は古典柄をお勧めしたのですが、すぐにこれがいいと決めていらっしゃいました。確かにこの着物、よくお似合いです」

着々と支度が整っていくのを見て、美佳は感嘆《かんたん》のため息をついた。髪の毛を解《と》かれて、大きな赤い牡丹の花と、少し大きな銀色のビラかんざしを飾られる。化粧も直されて、でき上がった自分を見た美佳は、重いため息をついた。

紫峰は着物姿の自分を見たかったのだろうか。こんなことを内緒で進めているなんて思ってもみなかった。こういうことをしてくれたのが嬉しくて、紫峰に会ったらなんと言おうか、と美佳は支度を整えながら頭を巡らせた。

控室に入ると、紫峰が立ち上がって美佳を出迎える。まだ制服のままだった紫峰は、美佳を見て笑みを向けた。

「紫峰さん、これは……」

「ごめん、美佳。どうしても君の着物姿が見たくて、ちょっとサプライズで準備した。思った通り、すごくいい」

「言ってくれたら、披露宴で着物を着たのに」

「仕事で会えなかったのに、そんな我がままは言えないと思って。そうしたら悩殺ドレスを着ていて驚いたよ。すごく似合ってたから、美佳の新たな一面を見られたようで嬉しかったよ」

美佳は自分が大事にされていないのではないかと感じていた。松方が言った、ナカムラトウコという人の存在が気になって、少し不安になっていた。でも今、目の前にいる紫峰は美佳に笑いかけてくれている。どういういきさつがあったかを考えるのはやめて、自分と結婚を決めてくれた紫峰を信じようと美佳は思った。

これからずっと紫峰を愛して、一緒に歩いて、幸せな家庭を築いていきたいと強く思った。今、彼と並んでここに立っている幸せを、美佳は本当の意味で実感した。

「美佳、なんで泣くの？」

美佳の目には、いつの間にか涙が溜《た》まっていた。慌てて近づいてきた紫峰の胸に手をやって、美佳はみずから身体をすり寄せた。

紫峰が制服のポケットからハンカチを出して、美佳の頬を拭う。

「化粧が崩れるよ？　着物、嫌だったかな？」

美佳は首を振って、紫峰を見る。

「紫峰さん、どうしてこんな嬉しいことをしてくれるんだろう、って……そう思って。胸がいっぱいになったの」

紫峰は、なんだよかった、と言って美佳に笑みを向ける。そうして、美佳の頬に触れて言った。

「僕は君が好きだから。胸がいっぱいなのは、僕の方だよ、美佳」

制服姿の紫峰と着物姿の美佳でもう一度写真を撮った。

横に並んで立っていると、披露宴の前よりもさらに紫峰に惹《ひ》かれている自分を美佳は感じた。この人なら大丈夫、と何度も何度も心の中で繰り返す。

きっとこの人は美佳に、君が好きだから、と言い続けてくれるだろうから。

9

写真を撮り終えたところで、美佳が着物を脱ぐのが惜しいから、一晩借りられないかとホテルのスタッフに申し出ていた。せっかく選んでくれたものだから、もう少し着ていたい、と彼女に言われて、紫峰の胸が高鳴る。

ホテルのスタッフは快く了承し、明日の朝、着物をこれに入れて返して欲しい、と黒いバッグを美佳に手渡した。彼女は笑顔でそれを受けとっていた。

警察官の制服と引き振袖姿で館内を歩いていると、さすがにふたりは注目を集めた。それでも美佳は、部屋に入ってしまえば誰にも会わない、と言って、さほど気になっていない様子だった。

エレベーターに乗り、ボタンを押す。

移動の間中、紫峰は隣にいる美佳が気になって仕方なかった。キレイに化粧をして、着物を着ている美佳を見ると、心が落ち着かない。密室状態のエレベーターの中は、時間がやけに長く感じた。

目的の部屋について鍵を開けると、紫峰はようやく少し落ち着いた気持ちになれた。

けれど、それもつかの間、美佳に笑みを向けられると、久しぶりに目の前にいる愛しい人に、身体が反応しそうになる。というか、披露宴で背中がやけに開いたドレスを着た美佳を見たときから、その白い背中に手を這わせたい衝動に苛《さいな》まれていた。美佳を抱いたのは一ヶ月近く前。結納のときに一度きり。高ぶる気持ちを、紫峰は必死で紛らわせた。

美佳はというと、この部屋すごい、と言って無邪気に部屋の中を見まわしている。紫峰に背を向けた美佳の白いうなじが目に入る。見合いの席で初めて見たときの衝撃がフラッシュバックする。着物の襟《えり》もとから見える女性のうなじは、これまでにも見たことがある。けれど、美佳のうなじは別らしい。見入るくらい、キレイなそれに、紫峰は思わず唇を近づけた。

美佳の両肩に手をおいて、白いうなじの中心にキスをする。美佳は身体を固くして、少し肩をすくめる素振りを見せた。

「紫峰さん、あの……」

躊躇《ためら》いがちに言う美佳の声を聞きながら、耳のうしろにキスをした。

「着物、まだ着ていたい？」

しっかりと締《し》めてある帯の下、臀部《でんぶ》に手を這わせる。そこを撫でてから、今度は着物の上から足を撫でた。それから片方の手を美佳の胸元に滑らせて、着物の合わせ目に手を入れる。

「……ぁ」

小さく声を漏らした美佳が、ひとつ大きく息を吐いた。寝室にたどり着く前に、紫峰は我慢ができなくなってしまっていた。美佳の小さく甘い喘《あえ》ぎ声を聞いて、ますます気持ちに拍車がかかる。

それでも、美佳の返事を聞くまでは先に進んではいけない、と自分に言い聞かせ、紫峰は合わせ目に入れた手を引く。

「美佳？　帯を解《と》いてもいい？」

両手で帯に触れて、結び目に手をかける。

「今から、するん、ですか？」

緊張したように聞く美佳の耳に、直接言った。

「悩殺されている、って言っただろう？　着物姿にも、すごくそそられてる」

「ど、どこが？」

上ずった声で聞く美佳に応えるように、うなじに舌を這わせた。どこか甘い味がする。

首をすくめた美佳の様子に満足した紫峰は、今度は耳のうしろにも舌を這わせる。

「や、紫峰さん、あの……」

「解いていい？　君を、一ヶ月近く我慢してた」

美佳を想像して、寝つけなかった日もあった。そんな日の翌朝は、いつも身体が反応していて、
そんな自分に驚いた。たった数ヶ月前に会ったばかりの人を、どうしてこんなに愛しく思うのか。

恋人を想像して、ひとりでするなんてことは、これまでしたことがなかったのに。

「ベッド、で……」

紫峰はそのまま美佳を抱き上げる。

「紫峰さん、ちょっと、重いから！」

「大丈夫」

「この着物も、私の体重も！」

構わず紫峰は、ベッドルームに向かう。

「僕はＳＰだよ、美佳」

ベッドルームについて美佳を降ろすと、彼女は紫峰を見上げていた。

「美佳ひとりを抱きあげるくらい、どうってことない」

身体を引き寄せて、唇を重ねると、美佳は吐息を漏らした。唇を割って舌を入れると、甘い声を漏らして紫峰にしがみつく。彼女の背に手をまわして、帯の結び目に手をやった。複雑に結んであって、解《と》くのが意外と大変だった。

「ちょっと苦労しそう」

紫峰が言うと、美佳は笑って解くのを手伝ってくれた。一瞬目が合うと、美佳は恥ずかしそうに目を伏《ふ》せる。その仕草が紫峰を興奮させる。

ある程度帯が解けると、あとは簡単だった。肌襦袢《じゅばん》一枚になった美佳を横たわらせて、合わせ目を開く。それから自分の上着も脱いでネクタイを緩め、美佳の胸に顔を埋める。

「紫峰さん……ゆっくり……」

心配そうに見上げる美佳に、紫峰は不敵な笑みを浮かべる。

「保証できないな」

一度顔を上げ、なるべくゆっくりするけど、と言い、ふたたび美佳の胸に顔を埋める。けれど、唇で貪《むさぼ》るように愛撫したときから、きっとゆっくりするのは無理だと紫峰は心の中で思っていた。

美佳の胸が紫峰の舌を押し返すように、反応を示したときには、すでにもう美佳の身体に溺れていた。

10

紫峰の手が美佳の着物を性急に脱がせていく。

美佳はもう少し着物を着ていたいと思っていたが、部屋に着くとすぐに、紫峰からうなじにキスをされた。気づいたときにはあっという間に抱きかかえられて、ベッドまで運ばれていた。

「あっ……」

ゆっくりする、と言ってくれた紫峰だったが、まるで美佳の胸を食べるように愛撫した。美佳は思わず声を漏らす。

それから紫峰は襦袢をはだけさせ、美佳の胸に触れてから腹部を撫でる。さらに手が下にさがり、ショーツの中に入り込む。

紫峰に触れられるのはこれで二度目。まだ裸を見られるのは恥ずかしい。なのに紫峰は、美佳の身体中に、余すところなく触れてくる。

思わず反った美佳の背中を、紫峰の大きな手が撫でる。それから宥《なだ》めるように首を撫で、しなやかに胸の谷間を滑って、片方の胸を柔らかく掴《つか》まれる。その間にも彼の唇は、腹部から足のつけ根にかけて、くまなく愛撫している。

左足を少し抱え上げられて、ショーツが脱がされる。美佳は足の間に紫峰の視線を感じて、恥ずかしくなり目を閉じて顔を横に向けた。

ここでようやく紫峰が自分のシャツを脱ぐ気配を感じた。美佳が横を向いたまま目を開けると、紫峰の上着がベッドから滑り落ちていった。

「……っん」

美佳の隙間の入り口に、紫峰の舌の柔らかい感触が当たる。思わず美佳は背を反らして、身体を上にやる。

「美佳、逃げないで」

身体を起こして、逃げようとすると、紫峰の腕が美佳の足をホールドした。男の力でそうされては逃げられなくて、美佳は困り顔で自分の足の間に視線をやった。紫峰と目が合う。

「や、紫峰さん……」

「どうして?」

躊躇《ためら》いもなくそこへ顔を埋められ、柔らかい感触が美佳の官能を刺激する。声も、吐息も、とめどなく漏れて、苦しいくらいだった。その間も紫峰の手は美佳の襦袢《じゅばん》やショーツをすべて脱がせるように動いて、その感触だけでも肌から快感がわき上がる。

こんなのおかしい、と美佳は思う。今までこんなことはなかった。紫峰と出会う前に付き合った人もいたし、こういう行為が初めてというわけではない。

ただ、ここまで熱心に、ここまで優しくしなやかに、本当に美佳が欲しいという感じで余すことなく触れられたのは初めてかもしれない。

まるで美佳を食べるように、紫峰の唇が肌を食《は》む。

こんな感覚も知らない。舌での愛撫もまったくされたことがないわけではない。けれど、紫峰のそれは触れ方のせいか、これまで感じたことのないような快感に襲われる。

「も、だめ……っ、しほ、さん……っ」

美佳は背を反らして、達した。美佳は忙《せわ》しなく呼吸しているのに、紫峰は愛撫をやめてくれない。もう嫌だ、と思うくらいに感じてしまい、鼓動がどんどん速くなる。顔を上げた紫峰が手で口元を拭って美佳を見る。美佳はただ唇を開いて、呼吸を繰り返すことしかできなかった。

紫峰のスラックスのベルトはすでに外されていて、ジッパーも下ろされていた。下着ごとそれらをずらすのを見て、興奮している紫峰自身が目に入る。

足を抱え直されて、美佳はこれからされることを想像した。

「まって……紫峰さん……まっ……ぁん……っ！」

待ってと言ったのに、紫峰は聞いてくれなかった。

「待てるわけない……美佳」

紫峰が美佳の中に深く入り込んでくる。軽く身体を揺すりながらさらに奥まで入ってくる紫峰自身に、美佳は息を詰めて声を上げる。美佳の片方の胸を掴《つか》んで優しく揉みながら、紫峰が腰を揺らす。

さっき達したばかりの美佳の身体は、指先まで快感が沁《し》み渡っていた。快《よ》すぎて苦しいなんて、初めての経験だった。紫峰は身体を揺らしながら、吐息交じりに美佳の名を呼ぶ。それに応えることなんてできなくて、美佳は紫峰にしがみついていた。

「美佳……、そんなに締《し》めないで」

紫峰が困った様な声を出して、腰の動きをとめた。そうして美佳の唇に小さくキスをして、ゆっくりとまた揺らす。

「快すぎる、困るな……すぐにイキそうだ」

快感が強すぎて、意識が飛びそうになる。紫峰が腰を揺らしている時間が、すごく長く感じた。

「はやく、イ……って」

「どうして？」

「だ……って、紫峰さん……私」

紫峰の腕を掴《つか》むと、強く突き上げられ、仰《の》け反る。

「早くイって終わらせろって？　酷《ひど》いな、美佳……それでも、もう一度するよ？」

紫峰は美佳を見て、色っぽく笑った。

この行為をもう一度、と考えただけで、美佳は怖気づいて首を横に振っていた。

「好きなんだ、美佳」

耳元でそう言われて、美佳は首をすくめた。けれど紫峰は、もう一度繰り返す。

「好きだ、美佳。もっと抱かせて、もっと、感じさせて」

唇を舐められ、そして今度は深く唇を合わせ、舌を絡めとられる。

泣きたいくらいの快感。美佳は紫峰に手を伸ばした。きっと、目からは涙が流れていただろう。

こんなに求められて、これから大丈夫なのだろうか、と少し心配になる。

けれど美佳は、これから紫峰と歩いていくことにもう不安を感じてはいなかった。きっと紫峰は、一生美佳を求め、愛し続けてくれるだろう。

「ずっと、こんなじゃ、もたな……っ」

「……そう？　じゃあ、体力つけるために、毎日でもしようか？」

そうして紫峰は得意そうに笑い、美佳にまた腰を打ちつける。

声を抑えるとかそういう余裕はなくて、身体を揺らされるまま、美佳はそのたびに声を上げた。

紫峰の動きがとまったときには、美佳は何度も達したあとで、かなり脱力していた。

紫峰はゆっくりと一度瞬《まばた》きをして、美佳を見つめて微笑んだ。

「そんな顔……しないで……っ」

その仕草がとてもセクシーで、美佳はそれだけで肉体的にも精神的にも達してしまった。甘い、痺れるような疲れが、美佳の爪の先まで浸透した。

11

目覚めたら、すでに日が落ちて暗くなっていた。

点《つ》いている明かりは、枕もとのシェードランプのみ。

うしろに温かい身体を感じて、美佳が顔だけ振り向けると、紫峰はまだ眠っていた。美佳の身体を引き寄せるように腕が動いて、その顔が美佳の首に埋まる。彼の規則的な呼吸を感じて、なんて静かに眠る人だろう、と思った。美佳が少し身体を動かすと、離さないとばかりに紫峰の腕に力が込もる。

「起きているの？」

紫峰に言うけれど、返事はなかった。

美佳はため息をついて、少し強引に紫峰の腕から逃れる。ようやくキレイな形の目蓋が開き、黒い目に自分が映った。

「美佳」

まだ眠そうなその声が美佳を呼んで、また身体を引き寄せられる。けれど、美佳はそれをすり抜けて起き上がった。紫峰は寝転んだまま美佳を見て微笑み、一度瞬《まばた》きをしてからまた美佳を見上げた。

「なんで逃げるの？」

だって、と心の中で言うと、紫峰はまるで美佳の声が聞こえたように笑った。

「もうしないから、きて」

昨晩、紫峰には二度も三度も抱かれた。いや、四度かもしれない。何度も達した身体は、ぐったり疲れていて、目を閉じると力を充電するように、すぐに眠りに落ちてしまった。

「やりすぎだと思います」

「そうかな？」

「そうです。だって、こんなに……することないと思う」

紫峰は優しく笑って髪の毛をかき上げた。そうして身体を起こして、美佳の頬を大きな手で包む。

「君相手だから、つい頑張りすぎた。ごめん」

紫峰はそう言って、美佳に不意打ちで小さなキスをした。

前の彼女のことや、これからの生活に対する心配や不安、美佳の考えていたことなど、すべて吹っ飛ぶくらい、濃厚に愛された。

「でも、まだ、お腹いっぱいじゃないんだよね」

そう言って笑う紫峰の腕が美佳に伸びた。美佳はあっさりと紫峰に捕まる。

「や、紫峰さん……私、お腹空いてます！」

美佳が言うと、紫峰は美佳の上に乗りながら言った。

「もう一度したら、ルームサービスをとるから」

だからもう一度させて、耳元でそうささやかれ、唇を奪われる。昨晩よりは少し熱がおさまったようだけど、十分濃厚なキスだった。

本当に、美佳が心配するようなことはなにもないとでもいうような、そんな紫峰の愛し方に戸惑う。けれど、これだけ自分を愛されヒロインにしてくれる相手ならば、きっとこの先も大丈夫だと、美佳は思った。

紫峰の身体に包まれるように抱かれ、美佳は抵抗せずに受け入れる。

「好きだ、美佳」

耳元に聞こえるのは、何度も聞いた台詞《せりふ》。

そこで思い出したのは、今日は籍を入れに行くのではなかったのか、ということ。

紫峰の身体に溺れながら、今日はいいか、とその考えを打ち消した。

紫峰がその予定を思い出したのは、翌日になってから。

美佳を好きなあまりに忘れてしまっていた、と赤面するような言葉を言って照れ笑いを浮かべていた。そしてふたりで役所へ向かった。

三ヶ嶋美佳、という組み合わせがいいような悪いような、なんとも語呂のいい名前が、我ながらおかしくて笑ってしまった。

紫峰は役所へ向かう道中、用意してくれたマリッジリングのデザインの意味を教えてくれた。

八角形のそれを、少し変わったデザインだなと美佳は思っていた。紫峰に聞くと、わざわざ注文して八角形にしてもらったのだと言う。

「数字の八は末広がりで縁起がいい数字だから。これからの美佳との結婚生活も、末広がりで幸せになれるように、と思ってデザインしてもらった」

紫峰がマリッジリングに込めた思いが嬉しくて、美佳は感動して涙がこらえ切れなくなる。

どんな経緯で結婚したにせよ、どんなことがあっても、一生、紫峰についていこう。美佳はこれからの人生にそう誓った。

君と見合いをするまで

1

「こんなときに言うのもなんだけどさ、三ヶ嶋」

紫峰は顔を上げて、相手を見る。飲みに行こうと誘われて、同期入庁で今は自分の部下でもある松方と居酒屋にきていた。本当はもうひとりくるはずだったが、仕事の都合がつかなかったらしく、今日はふたりで飲むことにした。

「なんだ？　松方」

松方は言いにくそうに、いや、あのさ、と言って大きくため息をつく。

「結婚したばかりで言うのもなんだけどさ」

「……だから、なんだ？」

紫峰は事実、まだ結婚したばかり。結婚して一ヶ月弱、その相手とは、出会ってまだ四ヶ月とちょっと。どうしてもその人が欲しくなり、性急にプロポーズした。

「なにか、僕の結婚に対して言いたいことがあるわけ？　意見か？」

松方が言いたいことに、紫峰はだいたい察しがついている。

「意見というか、聞きたいこと」

「聞きたい？　なにを？」

「三ヶ嶋さぁ、この間まで中村と付き合ってたよな？」

中村というのは、紫峰が結婚の直前まで付き合っていた恋人、中村瞳子のことだ。

背が高くてスタイルもよく、洗練された雰囲気の美人。職業は紫峰と同じ警察官で、階級は紫峰より上の警視、いわゆるキャリアだ。

大学時代の友人に誘われて、同窓会のような飲み会に行ったときに、同じ学部だった瞳子と久しぶりに会った。警察に同期入庁した瞳子とは、警察学校に入ったばかりの頃に少し顔を合わせたくらいで、キャリアの道を進んだ彼女との接点は、その後ほとんどなかった。

連絡先を交換したのが始まりで、一緒に遊びに行ったり、ふたりで食事をしたりすることが増えた。仕事をきびきびとこなしながらも、ふとしたときに無邪気な笑顔を見せる彼女に心惹《ひ》かれた。紫峰から付き合おうと申し込んだら、思っていた通り笑顔を浮かべて承諾《しょうだく》してくれたのを覚えている。

瞳子は大学時代から紫峰のことを、苗字の三ヶ嶋からとって「ミカ」と呼んでいた。そんな風に呼ぶのは瞳子だけで、再会して久しぶりに聞いたそれが可愛いと思った。

「それがどうした？」

「いや……中村と別れて結婚するほど、今の奥さんの方がよかったのかなぁ、と思って。中村とは、結婚、考えてなかったのか？」

「……聞かれると思った。いつ聞かれるかと思ってたけど、意外に遅かったな」

紫峰は松方から視線を逸《そ》らしてビールを飲むと、大きくため息をつく。

「松方が瞳子のことを好きだったって知ったのは、付き合ってしばらく経ってからだった。つい最近まで彼女と付き合っていたのに別の女と結婚するなんて、って松方が不快に思うのも無理はない」

「いや、不快とかじゃないよ。俺、美佳ちゃんのこと好きだし。いい子だって思うよ。最初に会ったときは、三ヶ嶋は、どうしてこの子を選んだんだろう、って思ったけど、今はなんとなく納得できるよ。ただ、いい年になってから二年も付き合ってきたんだから、中村は結婚を考えてたと思うんだよな。けど、いきなり別れを切り出して別の人と結婚、なんて。中村ともいい関係だと思ってたし……。なに言ってるのか、自分でもよくわからないんだけど、なんで中村じゃダメだったのかなって思って……ごめん、まとまりなくて」

紫峰は頬杖をつきながら松方の質問に答えた。

「まぁ、長い付き合いだし、言いたいことはわかるけど」

悪かったな、と言ってビールを飲む松方を見て、紫峰は言った。

「確かに言う通り、お互いいい年だったし、付き合ってしばらく経った頃から瞳子と結婚は考えていた。でも、踏み切れなかった」

「美佳ちゃんとは、あんなにあっさり踏み切ったのに？」

低い声で不満そうに松方が言う。

松方が瞳子のことを好きだった、と紫峰が知ったのは、瞳子と付き合って二ヶ月ほど経った頃だった。少し複雑な気持ちになったけれど、当時、松方はすでに別の人と結婚していたから、思うところはあっても付き合いを続けた。その直後、松方は妻と別れてしまったのだが。

「美佳とは、初めて会ったときから結婚したいって思った。なぜだかわからないけどね。踏み切った理由はそれだけ」

ただそれだけ、ただの予感。

キレイな人か、と聞かれればそうではないし、スタイルがいいか、と聞かれても恐らく違うと答えるだろう。

可愛いか、と聞かれれば頷《うなず》く。美佳のクシャリとした笑い方は、とても愛嬌《あいきょう》があって可愛い。紫峰が惹《ひ》かれた部分でもある。

けれど自分を惹きつけた彼女の魅力は、そんな外見的なものではない。もっと本能的な部分で強く惹かれたのだ。

「……マジ？　中村と付き合った二年は、なんだったんだよ？」

瞳子と付き合った二年間。

確かに好きだったのだから、なんだったのかと聞かれても困る。自分から告白して、嬉しそうに承諾《しょうだく》してくれた瞳子の顔は今でも思い出せる。

互いに三十を超えた年齢だし、なにもなかったわけじゃない。キスだって、もちろん身体の関係だってあった。初めて身体の関係を結んだのは、付き合って一ヶ月近く経った頃。誘ったのは瞳子の方だった。

紫峰も、そろそろ瞳子とするだろう、してもいいだろう、と考えていた頃だった。今思えば、なんて淡白だったのかと思う。

美佳と初めて抱き合ったときは、したくてしたくて堪らなかった。結納の日、両親が近くにいることも気にせず、美佳の部屋で抱き合った。抱き合っていた時間は、一時間もなかったかもしれない。すぐに達してしまったし、もっと抱きたい気分になった。そんな状況で、寸暇《すんか》を惜しんで愛し合いたい気持ちになったことが、これまであっただろうか？

「本当に、瞳子と結婚しようと思ってた。もし父から見合いを強引に勧《すす》められなかったら、もし勧められても行かなければ、瞳子が妻だったかもしれない」

見合いの前日、瞳子と会ってセックスをしておきながら、次の日に会った美佳に惹《ひ》かれてしまった。別に好みでもなんでもなかったけれど、話し方や話す速度、仕草や目を伏《ふ》せたときの表情が可愛いくて、もう一度会ってみたい、と思った。

「……中村は美佳ちゃんに比べれば、まぁ良妻になるとは思えないけど。罪悪感、あったか？」

「なかったら人間じゃないだろ。もちろんあったさ。でも、惹かれた相手を我慢して別の人と結婚するのは嫌だった」

そうだな、と言ってビールをまた飲んだ松方は、大きくため息をついた。

「ごめんな、こんなこと聞いて。この話はここまでにする」

「別に、かまわない。瞳子から見れば、僕は悪い男だ」

瞳子から見れば、そう。

紫峰は嫌な男で悪い男。慰謝料を払え、と言われることもあるこの時世に、瞳子はそれもしなかった。彼女の性格やプライドの高さが、そういうことをするのは許さなかったのだろう。

瞳子のことを好きだった松方が、彼女に同情するのは当たり前のことだ。誰でも一度好きになった女性には、幸せになってほしいと思うものだろう。

本当に、紫峰は瞳子が好きだった。これは嘘じゃない。

学生時代から知っている瞳子は、聡明でしっかりとした芯のある女性だった。

紫峰は瞳子と出会った頃のことを回想した——

2

大学を卒業して十二年経ったころ、実家に一枚の葉書がきた。適当に所属していたサークル仲間からの同窓会の誘いだった。久しぶりに仲間と会うのもいいなと思い、紫峰は出席に丸をつけて返信した。

東京大学法学部のメンバーで構成されたサークルだったから、法曹界に属しているものが多い。今では自分で起業してベンチャー企業の社長をしているものもいる。ただの遊びのようなサークルだったが、メンバーには未来のビジョンがしっかりしている者が多かったから、早くから将来進む道を決めていた紫峰にとっても居心地のいい場所だった。

同窓会当日、紫峰が二十分遅れで到着すると、すでにほとんどの人が集まっていた。

「三ヶ嶋、遅い！」

大学時代よく遊んでいた木内《きうち》は、少し見ない間に老けていた。昔は少し童顔に見えるくらいだと思っていたのに、と考えたが、もう卒業して十二年も経っているのだという事実に改めて気づく。

「久し振り、遅くなった」

「やー、三ヶ嶋君ってば変わらなーい！」

黄色い声、と表現した方がいい声は、高松《たかまつ》。可愛い顔立ちで背も小さくて、サークルの男たちにモテていた。

「高松も変わらない声だな」

「ひっど！　変わらないのは声だけ？　オバサンになったって言いたいわけ？」

頬を膨らませるその仕草も変わらない。紫峰にはよくわからないが、きっとこういうところが男の心をくすぐるのだろう。

目の前に置かれたビールをあおり、紫峰は辺りを見渡す。

「結婚した？　木内」

左手の薬指にリングがあるのを見つけ、紫峰は隣に座っている木内に話しかけた。

「そうなんだよ、一昨年ね。子供もいるぞ」

「私もいるよ、私に似てる可愛い女の子」

聞いてない、と思いながらも、高松にもそうか、と相槌を打つ。

「三ヶ嶋、遅かったなぁ」

紫峰にうしろから声をかけた、がっしりとした体型のこの男は高久《たかく》。学生の頃から、こいつは堅実な生き方をしそうだな、と思わせるやつだった。

「高久は、検事だったっけ？」

「そうだ。さすがに、鈴木《すずき》みたいに偉くはなってないけどな。……鈴木沙彩《さあや》、お前のモトカノだよ」

ああ、と思い出して苦笑する。

「もう十年以上会ってないな。沙彩、出世した？」

「出世というか、東京地検特捜部だ。気が強くて、負けず嫌いだったたし、さすがだろ？」

紫峰はもう一度苦笑して頷《うなず》いた。

大学四年の後半から、警察学校を卒業するまで付き合っていた人。仕事が忙しくてすれ違いも多くなり、自然消滅してしまった。互いの生活のズレを修復する術《すべ》はあっただろうが、紫峰はそれをしなかった。メールをする回数が自然と少なくなり、紫峰から電話をしなくなったら、相手もしてこなくなった。当時は、こういう終わり方もあるんだなと、とくに感慨もなく受けとめていた。

付き合おうと言い出したのは、沙彩の方だったと思う。同じ大学の同じサークル、同じ学部。同じテリトリーにいた、可愛くてキレイな女性。それ以上でもそれ以下でもなく、彼女に運命的なものを感じたことはなかった。

「さすがというか、当たり前というか。沙彩らしいと思う」

「別れるの、早かったよな?」

「でも、一年くらいは付き合ってた」

そうかぁ、と呟《つぶや》いて、高久は学生時代を懐かしむような目をした。

「今、彼女は? 結婚してないんだろ?」

紫峰は、そっちこそ結婚していないくせに大きなお世話だ、と思いながらため息をつく。

「仕事が忙しいし、いないな。一年近く、いないと思う」

「モテる男が、そんなに?」

高久が嘘だろ? と言ったのに対して、紫峰は本当だ、と返す。

相手はありえない、と首を振ったが、事実だから仕方ない。

「仕事が不規則だし、とくにSPは身の危険もある職業だから」

ノンキャリアで入って、ある程度順調に階級を重ねたと思う。SP志望で養成所に行き、現場に出るようになって十年近くが経つ。

「身体、締まってるもんな」

「資本だから」

紫峰が言うと高久が笑う。高久は、でもさ、と言ってまた話し出した。

「俺、お前は検事になるって思ってた。司法試験、在学中にパスするくらいだったし。教授も期待してただろ？」

在学中に司法試験を受けたのは、教授に勧《すす》められたからだった。だが、紫峰の父は警視総監だったし、兄もそれにならって警察官になっていた。ふたりの姿を見ていて、紫峰は自分も警察官になろうと、在学中から決めていた。悩んだことと言えば、キャリアの道を進むかノンキャリアの道をいくかくらいのものだ。ただ学歴だけの男だとは言われたくないと思っていた。

結局、紫峰はノンキャリアを選んだ。周りから特別扱いされることもないし、なにより現場に出て行けるので、こちらを選んで正解だったと思う。とくにＳＰになってからは、それを強く感じる。

「そういえば、僕が検事にはならないと言ったら、沙彩はかなり怒っていた。警察官になったのも別れた原因だな。おまけにノンキャリだから」

紫峰が笑うと、高久は豪快に笑った。

「ノンキャリで、今はどの階級？」

「警部だ」

「やっぱりお前、すごいな。三十四歳のノンキャリで警部、って結構いいんじゃないか？」

「さぁ？　よくわからない」

目の前に置かれたグラスをとってビールを飲むと、視界の端に同じ警察官になった女がいた。

「話を聞くなら、キャリアの中村に聞けば？」

警察官キャリアの中村瞳子。同じサークルにいた背の高い美人で、サークル内で一番モテていた女。頭がよくて、しっかりしていて、それでいて明るく気どらない性格だったことがモテた理由。紫峰が付き合っていた沙彩と瞳子は、サークル内でも学内でも、常に注目を集めていた。

「中村ともさっき話した。今はフリーらしい」

「へぇ、美人なのに。キャリアになって、性格がきつくなったのかな」

「変わらなかったぞ。明るくて、誰にでも優しいところは」

警察学校の同期でもあるふたりだが、ここ十年くらい、まったく接点がなかった。

高久と話しながら飲んでいると、瞳子が声をかけてくる。高久の言う通り、昔と変わらなかった。

彼女は学生時代と同じ、独特の呼び方で話しかけてきた。

「ミカ、久しぶり。同じ警察官なのに、会わないよね」

「そんな呼び方するのは君くらいだ、中村」

「可愛いじゃない。三ケ嶋、の方が呼びにくいもん」

にこりと笑った唇にはしっかりと口紅が塗られている。嫌味のないキレイな色だ。

大人の女性らしいメイクと、仕事帰りであろう黒っぽいスーツ。職務中はきっちりと結っていないと邪魔になると聞く女性の髪だが、今はおろしている。緩くかけたパーマがとても似合う。

「忙しいだろ?」

紫峰が聞くと、そうね、と頷《うなず》いた。

「忙しい。けど、やりがいはある。高久君ともさっき話してたけど、やっぱり仕事は楽しい」

紫峰を挟んで高久に言って、昔と変わらない笑顔で笑う。

「中村は変わらないよなぁ、三ヶ嶋。まぁ、お前も変わらないけどさ」

「確かに、ミカって変わらない。でも、嬉しいなぁ。男の人にそう言われると、女は嬉しいのよ」

大学卒業してから十年以上経っているのだから、変わらないわけはない。それなりに年を重ねたし、経験も重ねたわけだから。変わった今の方が魅力的になっていると思うのに、と紫峰は首をひねった。

あっという間に時間が過ぎ、そろそろお開きにしようということになった。

久しぶりに高久と会って話せたし、サークルの友人たちにも会えた。それぞれに年齢を重ねて地位を築いているが、根本的なところは変わらない。紫峰は今日この場にきてよかったと思っていた。

帰りがけ、高久や木内と改めて連絡先を交換する。

警察官の、内輪だけの付き合いが多かったから、こういうことが新鮮に思えた。職場以外の友達と会うのも、いいことだと感じていた。

「私とも、交換しよう?」

瞳子が笑みを浮かべて紫峰に言った。

「そうだな」

軽く応じて、赤外線で互いの連絡先を送信する。受信すると、瞳子、とだけ名前が表示され、それをそのまま登録をする。

「ミカ、フルネームなのね」

「普通そうだろ？」

「登録の名前、変えてやる。ミカ、と」

無邪気に笑って画面を見せる姿は、彼女らしいと思った。

「ねぇ、ミカ？　今、彼女いる？」

瞳子は一度目を伏《ふ》せ、それから紫峰をじっと見る。その目には、まったく邪気がなくて、色恋抜きの話をしているように見えた。

「いない。忙しくて」

「私も。警察官って、なってみてつくづく思うけど大変よね」

「でも、やりがいはある」

「そう！」

声を出して笑った紫峰を見て、彼女も紫峰を見て笑った。

「だったら気軽に誘える。今度、ご飯一緒に食べない？」

バッグを持ち直しながらそう言った瞳子は、もう一度目を伏せてから紫峰に笑顔を向ける。

「いいよ。今度誘って」

本当に軽く応じた。誘ってくれるなら、行くつもりで。

「本当に誘うよ？」

「身体が空いていれば、いつでもいい」

楽しみ、と言って向けられたキレイな顔。

洗練された美人という表現が似合う彼女は、数日後、本当に紫峰に電話をしてきた。そしてその日のうちに会うことになって、紫峰の知っている店にふたりで出かけた。

数回食事を重ねるうちに、紫峰は瞳子のしっかりした性格も、明るいところも学生の頃と変わっていないと感じた。

食事に行くといつも、瞳子は紫峰をじっと見て、そして目が合うと途端に逸《そ》らす。その仕草から、紫峰は少しずつ瞳子の気持ちに気づいていった。紫峰もまた、瞳子のことを好ましく思っていたから、それは嬉しいことだった。

しっかりした考えを持ち、警察官のキャリアとして真剣に仕事と向き合っている姿勢も好きだと思えた。

瞳子と出かけるようになって二ケ月近く経った頃、紫峰はこの人と付き合いたいと思うほど、彼女を好きになっていた。だから、ドライブの途中、車の中で紫峰から告白した。

「付き合わない？　瞳子」

ちょうど信号でとまったところで、瞳子を見る。

瞳子は嬉しそうに笑って、そして紫峰を見た。

「今日言ってくれなかったら、私から言おうと思ってた。ミカ、私のこと意識してるくせに、いつまでも言わないから」

そうして付き合うことになった瞳子とは、二年間続いた。

楽しかったし、ときどき喧嘩らしいこともしたが、すぐに関係は修復できた。

自分のベストパートナーだと思っていた。きっとこの人となら上手くいく。年齢も三十代半ばにさしかかっていたし、瞳子が結婚したいと思っていることも知っていたから、将来についてふたりで話し合ってもいた。

幸せにできるとは思っていたが、これでいいのか、とどこかで常に考えている自分もいた。

瞳子ほどの人はもう現れないと思っていた。思っていても、でも、という気持ちが紫峰の中にはくすぶっていた。

いつもと同じデートは、その変わらなさに安心できたし、しばらく会えないときが続いても、紫峰のマンションに瞳子がきて、会えなかった時間を最速で埋めるような濃厚なセックスをして満たされた気分にもなれた。互いに大人で、高め合うことを知っていたから、身体の相性にも行為自体も満足していた。

「付き合っている人はいるのか？」

久しぶりに実家に帰ると、父がソファーを指差し、話があるから座れと言った。

父の質問に紫峰はいる、と答えた。

「結婚は？」

「考えてるけど」

「けど、なんだ？」

今日は突っ込むな、と思いながらため息をついた。すでに警察官を引退している父は、自分の趣味に忙しくしていた。それ以外は、つまり暇。兄も、弟も結婚しているから、あとは紫峰の世話を焼くだけだと思っているのかもしれない。

「暇なの？　今日はよく突っ込む」

「親は、いつでも子供の幸せを願うものだ。このまま独身もいいかもしれんが、結婚して得る幸せもあるからな」

父を見て、紫峰は呆れて笑った。

「ちゃんとするよ。今の彼女と」

「薦《すす》めたい人がいる。一度会わないか？」

「会わない」

きっぱりと言ったが、父は引き下がらなかった。

「今の人と別れろとは言ってないだろう。ただ、一度だけ会ってくれ。とてもいい子だから」

「いい子なんて、そこら辺にいっぱいいる」

「古い知り合いの娘さんなんだ。殉職した警察官の娘さんでね、末っ子のその子だけ家に残っていて。フランス語と英語の翻訳……だったかな？　しっかりした職業も持っている人だ」

紫峰はため息をついた。

要するに結婚しないなら見合いをしろ、ということを父は言いたいのだ。見合いなんてしたくもないし、自分には瞳子がいる。瞳子がいるのに、そういうことはしたくないと思った。それに、その気がない紫峰が見合いに行っても、相手の女性に失礼だと思う。

「断るとわかっていて、会うのは失礼だと思う」

「結婚に決心がつかないなら、会うだけでもいい。本当に、いい子なんだ。母親思いで、教養もあって、女らしい」

職業は持っていても、ただ家にいるだけのお嬢様に興味はない。

「だからそんな人、僕の好みじゃないから」

「会ってみないとわからない」

父が笑みを向けてきたので、紫峰はもう一度ため息をつく。

「ゴリ押しするね」

「本当にいいお嬢さんだから。もう先方に言ってあるし、会わないうちに断る方が失礼だ」

そんなところまで話が進んでいるのか、と思いながらソファーに背を預ける。

「暇だね、確信犯だ」

「引退して、時間だけはたくさんある。紫峰、本当にいい子なんだ。ちょっと年は離れているけど」

「まさか年上？」

だとしたら四十すぎだ。紫峰が恐る恐る聞くと、父は笑いながら、いや年下だよ、と言った。

「二十九歳……だったかな。それなりにいい年だけど、紫峰よりは七歳年下だ」

「そんなに離れてるなら、話も合わないだろうね」

「だから、会ってみなければわからないだろう？」

よくよく話を聞いていると、父はもう相手の女性と会うようにセッティングしているらしい。

「会うだけだよ」

紫峰がそう言うと、父も満面の笑みで繰り返す。

「会うだけだ」

そこまで言うと、父は大きな声で、紫峰が見合いをするって言ったぞ、と母に知らせた。

「やっと紫峰がその気に？　嬉しい」

その気になってないけど、と心の中で思いながらも、口に出さなかった。紫峰は今日何度目かわからないため息をついて、会うだけだからな、と心の中で固く誓った。

見合いの前日、瞳子に久しぶりに会う機会ができた紫峰は、彼女にきちんと見合いを勧《すす》められたことを伝えた。紫峰なりの誠意のつもりだった。

当日、待ち合わせ場所に現われたのは、ごく普通の女性だった。

けれど、その人との出会いは紫峰にとって、運命の出会いと言っても過言ではなかった。

3

「おかえりなさい」

笑った美佳の顔は、目が細くなって可愛い。

「ただいま、美佳」

いつも笑顔でお帰りなさいと迎えてくれるこの女性とは、父がゴリ押しした見合いで知り合った。

当日美佳は赤い振袖を着ていた。あとから聞けば、その格好が恥ずかしかったと言っていたが、よく似合っていたと紫峰は思う。出会った瞬間から、惹《ひ》かれていた。

けれど紫峰は、その見合いで大失態をおかした。瞳子と抱き合った際につけられたキスマークが首元に残っていたのだ。美佳にそれを指摘され、紫峰は慌てた。けれど彼女はにっこりと笑みを浮かべ、冷静な大人の対応をみせた。

そう、美佳はいつも冷静というか落ち着いている。

「松方さんと一緒で、楽しかった？」

「普通かな」

美佳は首を傾げて、リビングのソファーへ向かう紫峰を見る。紫峰がソファーに座ってブリーフケースを置くと、その横に美佳が座った。

「普通だったの？」

「今日はあまり楽しくなかったかな」

「どうして？」

聞かれて紫峰は、曖昧な笑みを浮かべる。

話の内容は、美佳と結婚する前に付き合っていた瞳子のこと。美佳と見合いをしたその日も、美佳と会っているときも、彼女との恋人関係は続いていた。二股と世間では言うだろう。美佳に惹かれ、プロポーズをすると決めてからは、瞳子との関係はきっぱりと断ち切ろうと別れを切り出した。

自分は悪い男だ、と紫峰は思う。でも、美佳に会ってしまった。

もし、父からゴリ押しされても見合いを受けなかったら。今隣にいるのは、きっと瞳子だった。

「美佳がもしかしたら隣にいなかったかも、って話をしたから」

美佳は瞬《まばた》きをして紫峰を見て、そして笑う。

「どうして笑うの？　そんなことで楽しくなるの？」

おかしそうに笑う姿を見て、紫峰はどうして笑うのか、とあまりいい気分がしない。美佳のいない人生なんてありえない。笑いごとではない。

「美佳には笑いごとかもしれないけど、僕にとっては笑いごとじゃ済まされない」

紫峰がそう言っても、美佳はまだ笑っていた。ごめんなさい、と笑いをこらえた声で言い、それから紫峰の方をじっと見た。

「紫峰さんは、お父様に言われて私と会ったでしょ？　私も母から言われて、紫峰さんに会った。……お互いに大切な親からすごく勧《すす》められた。無碍《むげ》に断るなんて選択肢、どうやってもきっと、選ばなかったと思う。だから、私が紫峰さんの隣にいないわけがない」

美佳は、ちょっと強引なこじつけだったかな？　と言って目を伏《ふ》せて笑い、照れくさそうに髪の毛を触る。

確かに強引さはあったけれど、でも紫峰も納得できた。大切な親から薦《すす》められた相手。美佳に会って、すぐに惹《ひ》かれた。そんなふたりが結婚するのは、最初から決まっていたことかもしれない。

紫峰にとって美佳と結婚することは、運命だった。

「そうだね」

紫峰はそう言って、美佳の頬を手で包む。

そして、唇にキスをする。自然と深くなるのを抑えられなかった。そのまま美佳の身体を引き寄せて、優しく彼女の背を撫でる。

「しほ、さん？　あの……よかったら……ベッド、で」

美佳は紫峰がしようとしていることがわかったようで、キスの合間にそう言った。

「今、欲しい」

息を呑み込むようにキスをして、乱れた息遣いで耳元にささやく。美佳の甘い吐息を感じて身体をさらに引き寄せ、その豊かな胸を両手で上下に撫でる。

「ベッド、がいい」

「どうして？」

互いに息が上がった状態になりながら短い会話を交わす。紫峰は美佳の唇にもう一度軽くキスをした。

「今日、シーツキレイにしてるし、マットレスも、外に干したから……」

美佳が笑みを浮かべて、紫峰の唇に軽くキスを返す。

「ソファーじゃ、その……集中できない、でしょ？」

「そうだね」

紫峰も美佳の言うことはもっともだと思い、彼女の身体を抱き上げる。

「ちょっ！　紫峰さん、重いから！」

「美佳くらいだったら、軽いよ」

軽いわけない、と最初は抵抗を見せた美佳だったが、そのまま紫峰がキスをすると、なにも言わなくなる。軽めのキスを繰り返して、きちんと閉まっていなかった寝室のドアを押して中に入った。

美佳をベッドに降ろし、紫峰はそのまま覆《おお》いかぶさった。

「紫峰さん、シャワー、しないと」

拒むように手で紫峰の身体を押し返す美佳の腕をとり、ベッドに押しつける。

「美佳の匂いが消える」

美佳の首元に自分の顔を埋めて、大きく息を吸った。耳のうしろから甘い匂いがする。彼女はいつも耳のうしろに、軽くワンプッシュだけ香水をつける。結婚前から変わらない、毎日の習慣と言っていた。

「この辺りにも、つければいいのに、香水」

美佳の服の上から胸に触れ、それから服をたくし上げて下着のホックを外す。

「胸だと、あからさまに匂うかと思って。軽く、ちょっとわかる程度、が……っん」

胸に唇を寄せてそこを吸うと、美佳が甘い声を上げる。この行為をするときの美佳の声は、熱っぽくて、紫峰の心をくすぐる。少し躊躇《ためら》う仕草を見せるのも、紫峰にもっと声を出させたいという思いを強くさせる。

「これくらい近づかないと、今は香水の匂いもわからない」

耳のうしろに唇を這わせて、顎《あご》のラインを通って唇にキスをする。紫峰は自分の上着を脱いで、ネクタイに手をかけた。それから片手でシャツのボタンを外していく。

そこまで自分の準備を整えると、今度は美佳のスカートの裾《すそ》から手を入れて、下着をずらす。それからスカートのファスナーをおろして下げようとすると、美佳が腰を少しだけ浮かせた。

「上も脱がせていい？　起き上がって？」

頷《うなず》いた美佳は、自分で起き上がる。紫峰が上着に手をかけると、腕を上げて協力してくれた。そうして下着を完全にとりさる。美佳の足を引き寄せるが、彼女が身体を腕で隠していて見えない。

「どうして隠すかな？」

「私だけ裸。紫峰さん、脱がないの？」

「脱ぐよ」

シャツの残りのボタンを外して脱いで、スラックスのベルトとボタンを外して、ジッパーを下げる。そうして美佳の唇を奪いながら、紫峰はゆっくり身体を倒していく。

「紫峰さん……っあ」

スラックスをすべて脱いで、美佳の身体の中心に触れる。足を開かせて、そのまま上にかぶさると、美佳の開いた足が紫峰の腰辺りを締《し》めつけた。美佳の身体の隙間に触れると、すでに中は潤っていた。

美佳が下着の上から紫峰自身を下から上へと撫で、紫峰の下着を下げる。美佳は、紫峰のすでに反応しているそれに触れたあと、今度は紫峰の腰を撫でた。

「そうやって触れられると、感じる」

「……っ、紫峰さんの方が……さ、わってる」

胸に触れるとそこに唇を寄せて愛撫し、脇腹をたどって、美佳の足の間に行きつく。優しく触れてから、唇を寄せて愛撫する。紫峰が美佳の足を抱えると、彼女の胸が大きく上下した。

それだけでたまらない気分になって、紫峰は自分の心に忠実に、腰を美佳へと進める。

「う……っん」

美佳の中は温かい。狭い中に包まれていると、胸の鼓動がうるさくて苦しい。もっと奥まで入りたい、と思って腰を動かす。

「あ、あ……っん」

美佳の噛《か》み殺した甘い声が聞こえて、それが余計に紫峰を煽《あお》る。美佳のシーツに投げ出された手に自分の手を重ねて、何度も美佳の身体を揺らす。

「……気持ちいい」

息を吐きながら紫峰が言うと、美佳の目が開いて紫峰を見る。美佳は恍惚《こうこつ》の中で、手を離して、と言った。言われるままに紫峰が手を離すと、美佳の手が抱きしめて、と言うように伸びてくる。

腰を揺らすのをやめて、美佳の手に導かれるままに紫峰は身体を近づける。すると美佳は、紫峰の腕の下から手を入れて抱きしめてきた。

「もっと、紫峰さん」

美佳の背に手をまわして抱き上げ、彼女の身体を起こして、座って正面から抱きしめるような体勢をとった。

「そんなこと言うなら、がんばるよ？」

「ゆっくり、もっと、して？」

美佳の額に自分の額をつけて笑う。美佳のその表情は、紫峰を満足させた。いつもそう、紫峰は美佳に敵わない。

「動くよ」

早く動きたい気持ちを抑えて、美佳の言う通りゆっくり動く。抑えれば抑えるほど、美佳が欲しくてたまらなくなる。もっと、ゆっくり、と言って笑う美佳は余裕そうに見える。

「君はいつも、余裕、だ」

紫峰は息を吐きながら、ゆっくり下から突き上げる。声が途切れがちになってしまうのは、息が上がっているから。ときどき美佳も自分から腰を揺らして紫峰の動きに応じてくれる。その仕草に、紫峰はまるで自分の耐久力を試されているようだと感じた。

「余裕？　……そんな、ことない。ゆっくりしないと、紫峰さん、に……ついていけない」

そう言ってまた腰を揺らした美佳の、その動きにたまらなくなる。

美佳にキスをして、きつく抱きしめる。

「もっと動いていい？」

たまらないから、と紫峰が言うと、美佳は首を振った。

「もう少し、待って。お願い」

お願い、と言われては聞くしかない。美佳に心底惚れている紫峰が、美佳のお願いを断れるわけがない。

こうやって自分が焦《じ》らされている間も、美佳は紫峰より余裕に見える。

紫峰はいつも美佳の手の上で踊らされている。

「待てないよ、美佳」

彼女の肩に唇を寄せて軽く噛《か》み、豊かな胸を揉み上げる。

「イキ、そう？」

「イキたくて、たまらない。もう少しでイけるのに、美佳は酷《ひど》い」

大きく息を吐き出して、息を詰めて目を閉じる。美佳の首元に顔をすり寄せて必死にこらえる。

「動かせて。もっと、速く」

美佳の手が紫峰の腰から背中の中心へとのぼり、何度もそこを撫でてくる。

「動いて」

美佳のその言葉を合図に、すぐにベッドに押し倒して身体を揺らす。

組み敷かれた美佳が甘い声を上げ、身体を揺らすたびに豊かな胸が揺れる。その光景がまた紫峰の官能を刺激する。

何度抱いても、美佳との行為はいつも熱くなる。新婚だからとか、そういうことは関係なく、きっと紫峰は一生、こうして美佳に夢中になるのだろう。

いつも、美佳が愛しい。美佳が欲しい。

「あ、紫峰さん……っ」

甘い声で名前を呼ばれると、たまらない。応えるように美佳の身体を突き上げる。

父から言われて会った人が、こんなにも大切な人になるとは思わなかった。

こんなに、心地よい行為を与えてくれるとは思わなかった。

今までの恋愛経験など、すべて覆《くつがえ》すほどの出会い。

美佳と出会えた奇跡に、紫峰は心から感謝をした。

4

翌朝目を開けて隣を見ると、いつも通り、美佳はいなかった。

「二回、長い時間をかけて抱いたのに、元気だ」

ひとりで呟《つぶや》いて大きく息を吐く。

昨日の行為の快感や余韻《よいん》が残っている紫峰の身体は、起きたくない、と言っているのに、美佳は
こんな日の朝も早起きだ。

時計を確認して、余韻《よいん》に浸っている場合じゃない、と起き上がって下着を身につける。昨日は行

為のあと、きちんとふたりでシャワーを浴びたけれど、身体の熱が冷めなくて、あれからもう一度美佳を抱いた。その後は、そのまま眠ってしまってシャワーを浴びてない。だが、風呂に入る時間はなさそうだ。

仕方なく紫峰はそのままクローゼットを開ける。シャツとスラックスを身につけて、洗面所へ行く。顔を洗って髪の毛を整えて、それからネクタイと上着を手に、リビングへ向かった。

ちょうど美佳が、テーブルに朝食を並べるところだった。基本、美佳が作る朝食は和食。みそ汁の出汁《だし》は紫峰の実家と同じような味で、すぐに美佳の味に慣れた。テーブルについて彼女の様子を眺《なが》める。

女らしくていい子。父の言った通り、美佳という人は、母性に溢れた人だった。しかも、それだけではなく、すごくしっかりしていて、職業もきちんと持っているし、おまけに、夫の紫峰を立てる気立てのよさも兼ね備えている。

「美佳、よく早起きできるね」

「紫峰さん、朝ごはん食べないと力が出ないでしょ」

「だるくない？　余韻が残っていて僕は起きられなかったけど」

紫峰が言うと、美佳は自分もテーブルについて微笑んだ。

「残ってるけど、今日も紫峰さんに無事に仕事を終えて帰ってきてほしいから。がんばって起きたの」

冷めないうちに食べて、と美佳に言われた通り、紫峰は箸《はし》をとって食事を始める。

「仕事、行きたくないな。君と結婚してから、いつもそんな気持ちになる」

紫峰が言うと、美佳は笑って目を伏《ふ》せる。

「私も、行って欲しくないとき、ありますよ。紫峰さんが、好きだから」

美佳は味噌汁をひと口飲んで、紫峰を見て笑う。

もし、美佳と会わなくて瞳子と結婚していたら、こんな穏やかな朝はなかっただろう。忙しい瞳子が、朝食を作るだろうか？　きっちりとした性格の彼女のことだ、作るには違いない。ただ、作るとしても、もっと簡単なものだと思う。

こんなに仕事に行きたくないほど、前日の夜に愛し合うことができただろうか。次の日にもまだ余韻が残るほど、もう一度抱きたい衝動に駆られるほど、情熱的に愛せただろうか。

「紫峰さん、シャワー浴びなくてよかった？」

「時間がないから。美佳の朝食は抜きたくないし」

食事を食べ終わると、そろそろ出勤しなければならない時間になっていた。

箸を置いて片づけようとした紫峰に、そのままにしておいて、と美佳が言う。彼女に礼を言って、紫峰はネクタイを締《し》める。上着を着て、昨日ソファーの横に置きっぱなしにしたブリーフケースの中身を確認し、そのまま持って玄関に向かう。

「行ってらっしゃい、気をつけて」

いつも見送りのとき、気をつけて、と言ってくれるのは、紫峰の職業を心配してだろうか。

美佳に気をつけて、と言われると紫峰は嬉しかった。初めて聞いたとき、もう一度言って欲しいとお願いしたくらい。

「ありがとう、行ってきます」

紫峰は美佳の言葉に答えて家を出る。

いつもの時間、いつもの道を辿《たど》って仕事場へ向かう。

家を出るまでは、行きたくない気持ちが強かったが、美佳に気をつけてと言われて外に出ると、不思議とやる気がわいてきた。

歩く道すがら、スケジュールや、第四係のメンバーのことを考える。

素晴らしい妻と出会ったことで、紫峰の毎日は輝きを増していく――

5

昨日は悪かったな、と謝ってきた松方に、紫峰は首を振った。

「気にしてない」

「でもさ、言うべきことじゃなかった」

「でも事実だろ？　松方の気が済んだならいい」

紫峰がきっぱり言うと、松方はため息をついた。

「お前、基本的なところ変わらないけど、変わったよな？」

「どこが？」

「結婚って、そこまで心を広くするもんかね？」

首を傾げる松方に、紫峰は思わず笑った。

「心、広くなったか？」

「なったよ。前だったらきっとまだ怒ってた。っていうか、昨日美佳ちゃんにサービスしてもらったのかよ？」

いつもの松方らしく、下ネタっぽいことを言って笑う。

「お前はそういうデリカシーがないとこ、早く直した方がいいと思うぞ。さすがバツイチ」

「……やっぱ変わってない」

「人はそうそう変わらない。僕を変えたければ、お前も変われよ。いい人見つけて再婚でもするんだな」

うるさいな、と言った松方を見ながら、先ほど言われた「サービスしてもらったのかよ」という言葉を思い出す。

サービスというよりも、昨日は焦《じ》らされた。それから翌日まで余韻《よいん》が残るほど情熱的に愛し合い、心ゆくまで美佳の身体を味わった。

美佳のおかげで、心がすっきりしているのは事実だった。

美佳と結婚してよかったと思うのは、こういうところ。心に余裕ができたところ。

もしあのとき、出会わなければ。

それを考えると本当に怖い。

心から愛せる存在を知り、紫峰は今までの自分の生き方さえ、変わっていくような気がした。

井上美珠（いのうえみじゅ）
2007年よりwebサイト「Are you in love with someone?」にて恋愛小説を発表。
「君が好きだから」にて出版デビューに至る。

「Are you in love with someone?」
http://kikimijyu.blog.shinobi.jp

イラスト：えまる・じょん
http://sky.geocities.jp/emaljohn0610

君が好きだから（きみがすきだから）

井上美珠（いのうえみじゅ）

2011年　4月14日初版発行

編集ー斉藤麻貴・塙綾子
発行者ー梶本雄介
発行所ー株式会社アルファポリス
〒153-0063東京都目黒区目黒1丁目6-17目黒プレイスタワー4F
TEL 03-6421-7248
URL http://www.alphapolis.co.jp/
発売元ー株式会社星雲社
〒112-0012東京都文京区大塚3-21-10
TEL 03-3947-1021
装丁イラストーえまる・じょん
装丁デザインーansyyqdesign
印刷ー大日本印刷株式会社

価格はカバーに表示されてあります。
落丁乱丁の場合はアルファポリスまでご連絡ください。
送料は小社負担でお取り替えします。

ISBN978-4-434-15508-6 C0093